ERLOCK HOLMES MYSTERY 지혜의 샘 시리즈 ⑪

셜록 홈즈
미스터리 걸작선

아서 코난 도일 지음 | 조주연 옮김

매월당
MAEWOLDANG

옮긴이의 말

 2012년 현재, 셜록 홈즈는 또 다른 전성기를 맞이하고 있다. 기존의 전성기가 추리소설이라는 문학의 한 장르에 그쳤다면, 지금은 문학, 영화, 뮤지컬 등 더 다채로운 분야에서 활약을 하고 있는 것이다. 지난 해 말에는 《실크하우스의 비밀》이라는 책으로, 코난 도일 재단에서 새로운 책을 발표하기도 했다. 재단 공식 작가의 작품답게 코난 도일의 작품이라 해도 믿을 만큼 스토리 전개는 흥미진진했다. 이렇게 시대를 뛰어넘는 홈즈의 매력은 대체 무엇일까? 홈즈의 이야기들을 또 한 권의 책으로 묶어내면서 그의 매력에 대해 더 분명히 알 수 있었다.
 첫째는 셜록 홈즈, 즉 코난 도일이 이끌어내는 캐릭터의 개성이다. 《홈즈 베스트 사건 파일》의 이야기가 대부분 사립 탐정으로서 홈즈의 매력을 잘 드러냈다면, 이 책 《셜록 홈즈 미스터리 걸작선》의 이야기들은 휴머니스트 셜록 홈즈의 면모를 과시한다. 사회 정의의 잣

대로 보자면 그의 독자적인 판단은 불법이지만, 한없이 따뜻한 그의 마음은 독자들과 자연스럽게 공감대를 형성한다.

두 번째는 볼 때마다 놀랄 수밖에 없는 그의 관찰력이다. 꼼꼼하고 세밀한 관찰로 처음 본 사람들의 특징을 이끌어내는 것은 소설 속의 왓슨처럼 나 역시 매번 놀라지 않을 수 없다. 사실 21세기의 과학적 지식으로 보면 꼭 들어맞지 않는 부분도 있긴 하지만, 홈즈의 관찰력은 그의 이야기를 읽는 팬들이라면 누구나 감탄할 수밖에 없는 것임은 분명하다.

세 번째는 독특한 소재로 스토리를 구성해 나가는 코난 도일의 능력이다. 이미 알려져 있던 것들 중에서 가장 독특한 것을 소재로 하여 이야기를 이끌어낸다는 것은 코난 도일이 뛰어난 이야기꾼이라는 것을 증명하는 또 하나의 근거일 것이다.

코난 도일의 팬이기 때문일까. 그의 활약상을 옮기는 이번 작업도 매우 즐거웠다.

Contents

옮긴이의 말 _ 4

보헤미아 왕국의 스캔들 _ 8
A Scandal in Bohemia

블루 카벙클 _ 52
The Blue Carvuncle

자전거 타는 사람 _ 92
The Adventure of the Solitary Cyclist

찰스 오거스터스 밀버턴 _ 137
The adventure of Charles Augustus Milverton

위스테리아 별장 _ 171
The Adventure of Wisteria Lodge

마자랭의 다이아몬드 _ 236
The adventure of the Mazarin Stone

보헤미아 왕국의 스캔들
A Scandal in Bohemia

셜록 홈즈가 그녀에 대해 말할 때는 항상 '그 여성'이라는 표현을 쓴다. 그녀를 다른 호칭으로 부르는 일은 거의 없을 뿐만 아니라, 그에게는 그녀가 다른 여성들과 비교가 되지 않을 만큼 우월하고 아름다운 존재이기도 했다. 그렇다고 해서 홈즈가 '그 여성'이라 부르는 아이린 애들러에게 특별한 연애 감정을 느꼈던 것은 아니다. 자신을 제어할 줄 아는 냉정한 감정을 지닌 그에게 연애나 사랑 등의 감정은 오히려 거추장스러운 것이었다. 오랫동안 그의 친구로 지낸 나 역시 홈즈가 누군가의 연인이 된다는 생각은 하기 어려웠다. 그는 기계처럼 완벽한 추리력과 관찰 능력을 가지고 있는 유일무이한 존재이지만 사랑에 대해서는 무척 서툴렀다. 그는 사랑에 대해 늘 냉소적이었고 비웃음과 조롱으로 표현했는데, 그것은 객관적인 관찰자의 성격을 지닌 그에게는 무엇보다 잘 어울리는 모습이기도 했다. 그러한 그에게 한 여자가 있었는데, 분명한 정체를 알 수 없지만 많은 사람들의 기억 속에 남아 있는 그녀, 고故 아이린 애들러 양이었다. '그 여성'을 생각하는 것만으로도 엄숙해지곤 했던 홈즈가 그녀에게 남다른 감정을 가졌던 것은 분명하다.

내가 결혼을 하면서 홈즈와 나 사이는 자연스레 멀어졌고, 최근에는 홈즈를 만난 적이 거의 없었다. 결혼이 주는 뿌듯한 행복감과 가장이라는 책임감이 주는 일상은 흥미로웠다. 그러한 생활에 빠져 살다보니 홈즈와의 다양한 모험들은 조금씩 잊혀지기도 했다. 그러나 일상에 익숙해져 있는 나와 달리 홈즈는 여전히 정신적인 정착을 얻지 못한 채 베이커 가에서 혼자 살고 있었다. 누구보다 화려하고 다양한 인맥을 갖고 있으면서도 사교 생활을 거부하던 홈즈는 언제나 고서적 더미에 몸을 묻고 오늘은 코카인에 빠진 마약 중독자, 내일은 중대한 일을 맡은 수사관이 되기도 했다. 그는 단서를 찾아내고 사건을 추적하여 해결하는 것에는 누구보다 천재적인 재능을 가지고 있었고, 범죄 연구에 깊이 몰두하면서 경찰도 포기한 미해결 사건을 완벽하게 해결하곤 했다. 그 과정에서 나타나는 탁월한 관찰력은 오랜 수사 경력을 가진 경찰조차 따라가지 못할 정도였다. 홈즈의 활약상은 신문 등을 통해 내 귀에도 자주 들려왔다. 러시아 오데사에서 초청을 받아 해결한 트레포프 살인 사건을 비롯하여, 트링코말리(실론 섬의 항구)의 앳킨슨 형제에게 일어났던 비극적인 사건을 밝혀낸 일, 네덜란드 왕가를 위해 섬세하고도 복잡한 임무를 해낸 일 등이었다. 하지만 이것은 나 외에도 모두가 알고 있는 사실이다. 결국 나는 개인적으로 오랜 친구이자 동료인 홈즈의 근황에 대해서는 거의 모른다고 해도 과언이 아니었다.

1888년 5월 20일 밤, 본업인 의사의 업무를 다시 시작하여 왕진을 다녀오는 길에 홈즈가 살고 있는 베이커 가를 우연히 지나가게 되었다. 홈즈의 하숙집 문 앞에 도착하자 아내와의 첫 만남과 즐겁지만은 않았던 다양한 사건의 기억들이 떠올랐다. 놀라운 능력으로 복잡미묘한 사건들을 해결했던 홈즈가 요즘은 어떤 일을 하고 있는지도 궁금해졌다. 올려다본 그의 창문에는 불이 켜져 있었다. 그의 그림자는 고개를 아래로 향한 채 뒷

짐을 지고 서성이고 있었다. 그의 기분에 따른 행동과 버릇을 모두 알고 있던 나는 그가 어떤 일을 골똘히 생각하고 있음을 알 수 있었다. 새로운 사건 해결을 위해 열중해 있는 그를 보기 위해 나는 초인종을 눌렀다. 곧 전에 함께 살았던 그 방을 안내받았고 나는 드디어 홈즈와 얼굴을 마주 대하게 되었다.

감정의 표현을 극도로 자제하는 홈즈였지만, 그가 나의 방문을 매우 기뻐한다는 것을 알 수 있었다. 그는 나에게 부드러운 미소를 띤 채 의자에 앉으라고 손짓하며 시가와 술을 권했고, 나는 자연스럽게 예전의 분위기에 젖어들었다. 그는 난롯가의 불 앞에서 따뜻하지만 날카로운 눈으로 나를 살피며 말했다.

"왓슨, 자네는 결혼생활이 만족스러운 듯 보이는군. 마지막으로 만났을 때보다 3.5킬로그램은 늘어난 것 같으니 말이야."

"이런, 자네가 틀릴 때도 있군. 3킬로그램 늘었다네."
나는 웃으며 대답했다.

"보기에는 좀 더 나가 보이는데. 병원을 개업했다는 이야기는 아직 듣지 못했는데 개업을 했나보군, 축하하네."

"며칠 되지 않았다네. 그런데 자네는 어떻게 알았나?"

"자네를 보면 알 수 있다네. 들어오자마자 아이오딘 폼 냄새가 가득 풍기더군. 검지에는 까만 질산 자국이 묻어 있고, 청진기가 들어 있어 중산모 中山帽가 불룩하지 않은가. 개업 외에도 자네가 얼마 전에 비를 흠뻑 맞았고 서투르고 조심성 없는 가정부를 집에 두고 있다는 것도 알고 있지."

"자네에게는 못 당하겠군. 정확하다네. 자네가 몇 세기 전에 태어났다면 아마 마법사로 오인해 화형에 처했을 것 같군. 지난 주 시골길을 가다가 비를 맞기는 했지만 옷도 갈아입었는데 어떻게 그 사실을 알아냈는지 난 짐작조차 못 하겠군. 게다가 가정부 메리 제인은 정말 어떻게 할 수 없는 아이라네. 아내도 벼르고 있는 참이지. 자, 이제 어떻게 그 사실들을 알았는지 차근차근 설명을 해주게나."

홈즈는 손을 비비면서 친절하게 말했다.

"사실 아주 간단한 일이라네. 자네 왼쪽 구두 밑창에 나란히 난 상처가 보이는가? 이건 구두 밑창의 가장자리에 붙은 진흙을 함부로 떼어내려다가 난 상처야. 이것만 봐도 자네가 비오는 날씨에 거리를 돌아다녔고 조심성 없는 가정부를 데리고 있다는 것을 알 수 있다네."

간단하게 자신의 추리를 설명하는 홈즈를 보면서 나도 모르게 웃음을 터뜨렸다.

"자네의 말을 들으면 누구나 그 정도는 알아야 할 것 같은 기분이 드는군. 하지만 설명을 듣지 않으면 어떻게 알아냈는지 도무지 알 수가 없다네. 자네보다 내 시력이 더 좋다고 확신하고 있지만 말이네."

"그럴 수도 있겠네만."

홈즈는 안락한 소파에 앉아 시가에 불을 붙이며 말했다.

"대부분의 사람들이 그렇듯이 자네 역시 눈으로 볼 뿐 관찰은 하지 않아. 단지 눈으로 본다는 것과 주의를 기울여 관찰한다는 것은 전혀 다른 거라네. 자, 하나의 예를 들어보겠네. 자네는 현관에서 이 방으로 올라오는 계단이 몇 개인지 아는가?"

"글쎄, 세어본 적이 없어서 정확히 모르겠는걸."

"그게 바로 그저 보기만 할 뿐 관찰하지는 않는 거라네. 나는 계단이 모두 17개라는 것을 확실히 알고 있지. 자네는 보는 것에 그치지만 나는 보는 것과 동시에 관찰하지. 아, 그런데 자네가 흥미를 가질 만한 자료가 있네. 이전에도 내가 처리한 사건에 관심을 가지고 기록을 한 적이 있으니까 이 사건에도 관심을 가질 거라 생각하네."

그는 테이블 위에 있던 분홍색 편지지 한 장을 나에게 건네주었다.

"자네가 오기 전에 배달된 거라네. 꼼꼼히 읽어보게."

나는 읽기 전에 편지지를 살펴보았으나 이름이나 주소는 물론 날짜도 없이 내용만 덩그러니 있었다.

오늘 저녁 7시 45분에 매우 긴요하고 중대한 문제로 의논을 하고 싶어하는 사람이 찾아갈 것입니다. 당신은 최근에 어느 왕실에서 일어난 중요한 문제를 해결하는 것으로 뛰어난 능력을 보였습니다. 그 외에도 당신에 대한 얘기는 여러 방면에서 들어왔고, 중요한 문제를 마음놓고 상담할 수 있는 분이라고 생각합니다. 위에 언급한 시간에 상담을 원하는 사람이 찾아갈 테니 집에서 기다려주기 바랍니다. 그 사람이 얼굴을 가리고 있어도 불쾌해 하지 마시오.

"이건 무슨 편지인가? 자네는 이 편지가 무슨 뜻인지 알겠나?"

내가 어리둥절해 하며 물었다.

"편지만으로는 모든 것을 알 수 없지. 게다가 단서가 없는데 추측하게 되면 오히려 사실을 왜곡하기 쉽다네. 하지만 이 편지는 몇 가지 중요한 사실을 알려주고 있어. 자네는 이 편지로 무엇을 알 수 있는지 설명해 보게."

나는 편지를 조심스럽게 살펴보았다.

"일단 이 편지를 보낸 사람은 굉장히 부자인 듯해. 종이 질이 아주 질기고 튼튼한 것으로 보아 한 묶음에 반 크라운(약 1달러) 이상 하는 비싼 가격임에 틀림없어."

"틀린 말은 아니군. 이 종이를 불빛에 비추어보게나. 영국 종이가 아니라는 것을 알 수 있다네."

나는 그가 시키는 대로 했다. 놀랍게도 종이에는 'E'와 'g', 'P', 'G'와 't' 등의 알파벳들이 보였다.

"아니 이 글자들은 뭔가? 종이 회사 이름인가?"

"그렇지 않다네. 'Gt'는 독일어로 '회사'를 뜻하는 '게젤샤프트*Gesellschaft*'의 약자이네. 영어에서 '회사*Company*'를 'Co.'로 줄여서 쓰는 것과 같지. 'P'가 '종이*Papier*'를 의미한다면 'Eg'는 무엇일까? 잠깐 기다려보게. 《대륙 지명사전》을 찾아보자고."

홈즈는 갈색 표지의 두꺼운 책을 안쪽에 있는 선반에서 뽑았다.

보헤미아 왕국의 스캔들

"아, 여기 찾았네. '에그리아*Egria*.' 보헤미아에 있는 독일어 사용 도시라고 써 있군. 또 '카를스바트에서 멀지 않은 곳으로, 보헤미아의 정치가 발렌슈타인이 살해된 현장이며, 유리 공장과 제지 회사가 많이 있다.' 자, 뭔가 느껴지는 게 있는가?"

홈즈는 호기심이 가득한 눈으로 담배 연기를 뿜어내며 말했다.

"보헤미아에서 만든 종이라는 걸 알 수 있군."

나는 당연하게 말했다.

"바로 맞혔군. 그리고 몇 가지 추가하자면 이 편지를 쓴 사람은 독일 남자라네. 문장이 다소 딱딱하다는 것은 편지를 읽어보았으니까 알겠지? 프랑스나 러시아 사람이라면 좀 더 부드러운 어투를 사용했을걸세. 게다가 동사를 마지막에 쓴 걸 봐도 독일인임에 틀림없지. 이제 남은 건 보헤미아 종이를 사용하는 독일인이 얼굴을 감추면서까지 무엇을 원하는지 알아내는 것뿐이군. 오, 우리의 궁금증을 풀어줄 사람이 곧 당도할 것 같군."

홈즈의 말이 채 끝나기도 전에 말발굽 소리와 마차 바퀴 소리가 들리더니 뒤이어 초인종이 울렸다. 홈즈는 경쾌하게 휘파람을 불었다.

"소리를 들어보니 쌍두마차 같네."

홈즈는 창 밖을 내다보며 계속 말했다.

"오 역시! 두 마리 말 모두 훌륭한 준마군. 마차도 고급스러운 사륜마차인 걸 보니 어떤 사건이든 간에 보수는 크겠는걸."

"아무래도 난 가는 게 나을 것 같네."

"그렇지 않다네. 거기 있게. 자네는 나의 보즈웰(Boswell, 새뮤얼 존슨의 전기 작가-옮긴이)이지 않은가. 이 사건은 꽤 흥미로울 것 같으니 자네도 함께 있는 편이 좋을 것 같군. 놓치면 서운할 것 같지 않은가?"

"복면까지 한 걸 보면 분명히 나를 못마땅해 할 것 같은데."

"내가 이해시키도록 하지. 사건에도 자네의 도움이 필요할지 모르고 말이야. 손님이 올라오고 있으니 거기 의자에 앉아서 의뢰인의 이야기를 잘 들어보자고."

육중하고 느린 발소리가 계단을 올라왔다. 발소리는 홈즈의 방문에서 멈췄고 이어 역시 무거운 노크 소리가 들렸다.

"들어오십시오."

홈즈가 점잖게 대답했다.

방 안으로 들어온 사람은 180센티미터가 넘는 키에 떡 벌어진 어깨와 가슴, 헤라클레스같이 건장한 체구로 강한 인상을 주었다. 그의 옷차림은 영국적인 기준에서는 지나칠 정도로 화려했다. 더블 버튼 상의 소매와 앞자락에는 폭넓은 털 모피가 따로 덧대어 장식되어 있었고, 짙은 군청색 망토는 진한 분홍색 비단 안감을 사용하고 있었다. 깃을 고정시킨 녹주석 브로치는 남성용이라고 보기 어려울 만큼 밝고 화려했으며, 무릎 아래까지 오는 부츠는 윗부분에 부드러운 갈색 털이 장식되어 있어 옷차림 전체에서 풍기는 부유함을 완벽하게 마감해 주는 듯한 느낌이었다. 한눈에 봐도 고급스러운 챙이 넓은 모자를 손에 든 그는 편지에서 말한 것처럼 검은 복면으로 얼굴을 가리고 있었다. 복면은 이마와 눈, 광대뼈까지 덮을 정도로 컸고 방에 들어오기 직전에 썼는지 계속해서 매만지고 있었다. 윤곽이 뚜렷하고 두꺼운 입술, 단호하고 고집스러운 턱을 보면 그가 강한 성격과 의지를 가진 사람이라는 것을 알 수 있었다.

 "아까 편지를 보낸 사람입니다. 제대로 받았나요?"

 그는 독일어 억양이 강하게 섞인 굵은 목소리로 말하면서 우리를 번갈아 보았다.

"일단 이쪽으로 앉으십시오."
홈즈가 그를 향해 말했다.
"이쪽은 저의 동료이자 오랜 친구인 왓슨 박사입니다. 사건 해결에 도움을 주기도 하지요. 편지에는 이름이나 주소가 없던데, 누구신지 여쭈어도 되겠습니까?"
"소개가 늦었군요. 저는 보헤미아의 귀족 폰 크람 백작입니다. 물론 당신 친구는 비밀을 지켜줄 신뢰할 만한 사람이라고 생각하지만, 매우 중요한 일을 상의하고자 하니 둘이서 이야기했으면 합니다만."
나는 그의 말을 듣자마자 일어섰지만, 홈즈는 나를 의자에 앉혔다.
"이 친구가 들을 수 없는 이야기라면 저도 듣지 않겠습니다. 저에게 이야기할 수 있다면 이 친구에게도 이야기할 수 있으니 안심하셔도 됩니다."
백작은 듬직한 어깨를 으쓱했다.
"그렇다면 어쩔 수 없군요. 대신 약속 하나만 해주시오. 앞으로 2년 동안에는 지금 하는 이야기를 절대로 발설하지 않겠다고요. 2년이 지나면 아무 문제가 없지만, 솔직히 말해서 지금은 유럽의 역사를 움직일 수도 있을 만큼 중요한 문제일 수도 있습니다."

"약속드리겠습니다."

홈즈가 말했다.

"저도 약속하겠습니다."

이어서 내가 말했다.

"내가 복면한 것을 이해해 주기 바랍니다. 사실 나는 대리인이고, 이 사건을 의뢰한 분은 제 신분조차 밝히길 원하지 않습니다. 조금 아까 밝힌 이름도 본명은 아닙니다."

이상한 손님이 말했다.

"이미 알고 있습니다."

홈즈는 특유의 냉정한 목소리로 대답했다.

"의뢰하고 싶은 사건은 매우 미묘한 스캔들입니다. 자칫하면 엄청난 스캔들로 발전해서 유럽의 어느 왕실에 큰 손실을 입힐 수도 있습니다. 그것을 막기 위해 내가 당신을 찾아온 것입니다. 그리고 이 스캔들은 보헤미아의 2대 왕가인 대 오름슈타인 가와 관련되어 있습니다."

"그것도 이미 알고 있습니다."

홈즈는 의자에 몸을 파묻으며 눈을 감았다. 유럽 최고의 명석한 이론가에 정력적인 사립 탐정이라는 소문을 듣고 왔을 의뢰인은 그의 늘어진 모습을 보면서 당황하는 듯했다. 홈즈는 천천히 눈을 뜨고 거구의 의뢰인을 보면서 말했다.

"만약 폐하께서 자신의 사건을 솔직히 말씀해 주신다면 제가 확실하게 도움을 드릴 수 있을 것으로 생각됩니다만."

손님은 갑자기 벌떡 일어나더니 방 안을 이리저리 서성댔다. 그러다가 모든 것을 체념한 목소리로 복면을 벗고 홈즈를 바라보았다.

"그대의 말이 옳소. 나는 왕이오. 하지만 마지막까지 밝히고 싶지 않았소."

"폐하의 마음을 충분히 이해합니다."

홈즈는 공손하게 말했다.

"저는 폐하가 들어오자마자 보헤미아 왕실 카셀펠슈타인 대공작 가문의 빌헬름 고츠라이흐 지기스문트 폰 오름슈타인이시라는 걸 알 수 있었습니다."

"그대도 알고 있겠지만 나의 행동을 그대들이 이해해 줄지는 자신이 없소. 직접 처리하는 것 역시 익숙하지 않지만 대리인에게도 섣불리 사건을 맡길 수가 없었소. 혹시 약점이라도 잡혀서 협박당한다면 또 하나의 문제가 발생될 테니 말이오. 그래서 직접 당신을 만나서 사건을 해결하기 위해 다른 사람들 몰래 프라하에서 왔소."

보헤미아의 왕은 희고 넓은 이마에 손을 얹으며 한숨을 쉬었다.

"이제 사건을 자세히 말씀해 보시지요."

홈즈는 이렇게 말하고 다시 눈을 감았다.

"간단히 말하겠소. 5년 전 내가 바르샤바에 오래 머물렀던 시기에 아이린 애들러라는 여자를 알게 되었소. 유명한 가수인 그녀에 대해서는 당신도 알 것이라고 생각하오만."

"왓슨, 미안한데 내 자료철에서 그녀를 찾아주겠나?"

홈즈는 오래 전부터 시간을 들여 인물과 사건에 대한 기사를 요약해서 정리해 놓았기 때문에 어떤 인물이나 사건도 그 자리에서 찾아볼 수 있었다. 아이린 애들러의 자료는 유대인 랍비와 심해어 논문을 발표한 해군 중령 사이에 끼여 있었다.

"1858년, 미국 뉴저지 출생. 콘트랄토(여성 최저음 파트로 테너와 소프라노 중간 음역-옮긴이) 가수로 스칼라 극장 출연, 바르샤바 임페리얼 오페라 프리마돈나. 은퇴후 런던에 거주 중. 폐하는 이 여성과 알게 되었고, 문제가 될 만한 편지를 보냈는데 그걸 찾고 싶은 거군요."

"그렇소. 근데 어떻게 그걸 바로……."
"혹시 비밀 결혼을 하셨습니까?"
"아니오."
"법적 효력이 있는 서류나 증명서 등을 써주셨나요?"
"그렇지 않소."
"그렇다면 걱정하시는 이유를 모르겠군요. 젊은 여성이 불순한 목적으로 폐하의 편지를 제시한다고 해도 폐하의 글씨임을 증명할 수 없을 텐데요."
"필적이 증거가 될 것이오."
"필적은 위조할 수 있습니다."
"내 전용 편지지에 쓴 것이오."
"훔쳤다고 하면 됩니다."
"내 봉인을 찍었소."
"그것도 위조가 가능합니다."
"함께 찍은 사진이 있소."
"오, 그건 안 되겠군요. 폐하가 그렇게 경솔한 행동을 하시다니."
"그녀를 만나던 당시 난 왕세자였고 그녀에게 빠져 제정신이 아니었소."
"돌이킬 수 없는 일입니다. 사진을 찾아야겠군요."

"몇 번이나 시도했지만 모두 실패했소."

"거금을 주고 사는 건 어떻습니까?"

"그녀는 팔려고 하지 않았소."

"훔치는 것은 어떻습니까?"

"이미 다섯 번이나 시도했소. 도둑을 고용하여 집안을 두 번이나 뒤졌고, 그녀가 여행 중에 소지품을 탈취해 보기도 했소. 길에 잠복시켜 몸을 뒤진 적도 두 번이나 있지만 모두 실패했소."

"사진의 흔적도 없었던 겁니까?"

"전혀 없었소."

"오, 매우 흥미롭군요."

홈즈가 가볍게 미소를 지으며 말했다.

"나는 매우 심각하오."

보헤미아의 왕은 홈즈가 못마땅한 듯이 말했다.

"그런데 아이린 애들러는 그 사진으로 무엇을 하려는 겁니까?"

"나를 망가뜨리려는 속셈인 것 같소."

"어떻게 폐하를 망가뜨린다는 겁니까?"

"나는 곧 결혼할 예정이오."

"그 소식은 신문에서 보았습니다."

"왕비 예정자는 스칸디나비아 왕실의 둘째 공주, 클로틸드 로트만 폰 삭스메닝겐이오. 스칸디나비아 왕실은 매우 엄격한 가풍을 지니고 있소. 게다가 공주는 매우 민감하고 예민한 여성이오. 나의 행동에 작은 오점이라도 발견된다면 혼담은 성사되지 않을 것이오."

"아이린 애들러의 계획은 무엇입니까?"

"그녀는 스칸디나비아 왕실에 사진을 보내겠다고 협박하고 있소. 충분히 그렇게 하고도 남을 사람이오. 그녀는 무쇠처럼 단단하고 강한 의지를 가진 여자이기도 하오. 외모는 천사처럼 아름답지만 마음은 어떤 남자에게도 지지 않을 만큼 강하다오. 내가 다른 여자와 결혼하는 것을 막기 위해서 어떤 일이든 할 여자임에 틀림없소."

"혹시 벌써 사진을 보낸 것은 아닐까요?"

"그녀는 약혼을 발표하는 날 사진을 보내겠다고 했소. 발표는 다음 주 월요일에 할 예정이오."

"아, 그렇다면 아직 사흘이나 여유가 있군요. 즉시 조사해야 할 중요한 문제가 몇 가지 있기 때문에 당장은 해결하기 어렵습니다. 폐하는 당분간 런던에 계실 예정이시죠?"

홈즈는 하품을 하며 계속 말했다.

"물론이오. 폰 크람 백작이라는 이름으로 랭엄 호텔에 묵고 있소."

"그렇다면 일이 진행되는 과정을 전보로 알려드리도록 하겠습니다."

"부탁하오. 걱정이 돼서 견디기가 힘들다오."

"보수는 어떻게 주실 생각이십니까?"

"백지 수표를 주겠소. 원하는 만큼 적으시오."

"정말입니까?"

"그 사진을 찾을 수만 있다면 왕국의 일부라도 주고 싶소."

"그렇다면 일단 당장 쓸 비용을 부탁드리겠습니다."

그는 망토 속에서 가죽 주머니를 꺼내어 탁자 위에 올려놓았다.

"이 안에는 황금으로 3백 파운드, 지폐로 7백 파운드가 있소."

홈즈는 수첩을 찢어 영수증을 쓰고 왕에게 건넸다.

"아이린 애들러의 주소는 알고 계십니까?"

"세인트존스 우드에 있는 서펜타인 가, 브리오니 저택이오."

홈즈는 그대로 받아 적었다.

"한 가지 더 여쭙겠습니다. 폐하와 함께 찍은 사진은 캐비닛 판(18×12.5센티미터-옮긴이)입니까?"

"그렇소."

"폐하, 이제 돌아가셔도 됩니다. 곧 좋은 소식을 보내드리겠습니다."

홈즈는 왕의 마차 소리가 멀어지자 나에게 말했다.

"왓슨, 내일 오후 3시에 이곳으로 다시 와주게. 사건이 어떻게 되어가는지 알려주고, 자네가 도울 일이 있다면 부탁하도록 하지."

다음 날 3시 정각, 나는 베이커 가에 도착했으나 홈즈는 외출을 했는지 집에 없었다. 하숙집 주인인 허드슨 부인에게 물으니 아침에 나가서 아직까지 돌아오지 않았다고 했다. 그의 성격을 익히 알고 있는 나는 그가 올 때까지 기다려야겠다고 생각하며 난로 옆에 앉았다. 그에게 말하지 않았지만 난 이 사건에 깊은 관심을 갖고 있었다. 이 사건은 최근에 기록한 두 개의 사건처럼 특징적인 부분은 없었지만, 재미있는 이야기와 의뢰인의 높은 신분으로 충분히 독특했기 때문이다. 또한 홈즈가 이 사건을 정확히 파악하고 속이 시원하게 추리해 나가는 과정을 보면, 그 자체로도 큰 만족을 느낄 수 있을 것이다. 홈즈는 맡은 사건을 모두 해결했기 때문에 그가 실패할 가능성은 전혀 염두에 두지 않았고 그래서 사건은 더 흥미진진했다.

 4시가 다 되어갈 무렵, 방문이 벌컥 열리더니 술 취한 마부가 방 안으로 들어왔다. 마부는 헝클어진 머리에 턱수염을 기른 붉은 얼굴에 지저분한 복장을 하고 있었다. 홈즈의 교묘하고 완벽한 변장술에 익숙해진 나였지만, 한참을 본 후에야 그가 홈즈임을 확신할 수 있었다. 홈즈는 눈인사만 한 뒤 침실로 들어갔고, 약 5분 뒤 평소의 말끔한 모습으로 다시 나타났다. 그는 두 손을 주머니에 넣은 채 난로 앞에서 다리를 벌리고 서서 한참을 크게 웃었다. 홈즈는 숨을 가다듬기 위해 혁혁거리다 다시 웃기를 반복하더니 마침내 의자에 주저앉았다.

 "무슨 일인가?"

 "너무 재미있어서 웃지 않을 수 없군. 자네는 내가 오늘 무슨 일을 겪었는지 상상도 못할 거야. 특히 마지막에 있었던 일은 말이지."

 "모르지. 하지만 자네가 아이린 애들러에 대해 조사

했을 거라는 것은 알 수 있네."

"그렇다네. 하지만 그것뿐만이 아니야. 나는 오늘 아침 8시에 일자리를 잃은 마부로 변장하고 집을 나섰지. 마부들의 동료의식은 매우 강해서 단합이 잘 되기 때문에 그들 사회에 들어가기만 하면 어떤 소문도 쉽게 알 수 있다네. 아이린 애들러의 집은 금방 찾을 수 있었어. 아담하고 멋진 2층집으로, 집 앞쪽으로는 도로가 나 있고 뒤쪽에 정원이 있는 구조더군. 현관은 잠금 장치가 잘 되어 있고, 그 오른쪽에는 훌륭한 가구들이 가득 들어차 있는 거실이 있었는데, 바닥까지 닿는 커다란 창문도 나 있었어. 하지만 그 창문은 아이들이라도 열 수 있을 정도로 그저 형식적으로 자물쇠를 채워 놓은 것 같더군. 그리고 뒤쪽에는 특별한 게 없었어. 아참, 마차 차고의 지붕으로 올라가서 복도로 이어지는 창문으로 들어갈 수 있다는 건 빼야 하겠지만."

홈즈는 말을 이었다.

"집 주위를 꼼꼼히 돌아본 뒤에는 모든 각도에서 집을 다시 살펴보았지. 길을 따라 근처 주변을 좀 더 돌아보고 있는데, 예상한 대로 뒷마당의 정원과 담을 끼고 마구간이 있더군. 마부가 혼자 일하고 있어서 난 일을 좀 도와주고 2펜스와 맥주 한 잔, 담배 두 대를 얻어 피웠다네. 덤으로 아이린 애들러에 대한 정보와 함께 알지도 못하는 이웃 사람들의 소문까지 들어야 했지만."

"그래, 아이린 애들러에 대한 뭔가 특별한 이야기를 들었나?"

"부근에 사는 모든 남자들은 다 그 여자에게 푹 빠져 있더군. 그 여자만한 미모를 가진 여자는 없을 거라는 것에 마부들 모두 동의했다네. 가끔 음악회에 출연해 노래를 부른다는 사실 외에는 조용하게 살고 있다고 하더군. 매일 5시에 마차를 타고 나갔다가 정각 7시가 되면 저녁 식사를 하러 들어오는 규칙적인 생활을 하고 있다는 사실도 알아냈다네. 그 집에 남자 손님은 딱 한 명인데, 그는 변호사협회에 소속된 갓프리 노턴이라고 하더군.

그는 까무잡잡한 얼굴에 활기찬 미남으로, 마부들은 그를 태운 적도 많아서 잘 알고 있었지. 이 정도면 마부야말로 정통한 소식통이라는 내 생각에 자네도 동의하겠지? 정보를 수집한 다음에 나는 다시 아이린 애들러의 집으로 가서 작전을 짰다네. 그녀의 변호사 또는 애인으로 생각되는 갓프리 노턴은 이 사건에서 핵심인물일 것 같았어. 마부들의 말처럼 하루에 한두 번씩 아이린 애들러를 찾아올 정도의 친분이라면 그 사진을 그에게 맡겨놓았을 가능성도 있기 때문이지. 이 문제에 대한 대답에 따라 아이린 애들러의 집을 조사할 것인가, 변호사협회의 갓프리 노턴 사무실까지 조사 범위를 넓힐 것인가를 정해야 했다네. 지루하겠지만 이렇게 긴 이야기를 하는 이유는 자네가 상황을 잘 파악할 수 있도록 돕기 위해서니까 이해해 주게."

"지루하기는커녕 매우 재미있군."

"조사 범위를 결정하지 못하고 고민하고 있던 중, 갑자기 마차가 집 앞에 서더니 한 신사가 내렸다네. 마부들에게 들은 이야기로 미루어보아 그가 갓프리 노턴임이 분명했지. 그는 상당한 멋쟁이였는데, 몹시 서두르며 마부에게 기다리라고 큰 소리로 말하곤 집으로 들어갔다네. 그가 집 안으로 들어가는 태도는 매우 자연스러웠어. 마치 익숙한 자기 집을 들어가는 것 같더군. 그는 약 30분 정도 머물렀는데, 거실에서 손을 흔들면서 열심히 이야기하는 모습을 볼 수 있었지. 얼마 후 그는 들어갈 때보다 더 급한 모습으로 금시계를 꺼내 보면서 전속력으로 달리라고 마부에게 말하며 이런 말을 했다네.

'먼저 리젠트 가의 그로스 앤 행키에 들러주게. 그리고 에지웨어 로의 세인트모니카 성당으로 가야 하네. 20분 안에 교회에 도착한다면 반 기니를 주겠네!'

마차가 막 떠나고 어떻게 해야 할지 고민하고 있는데, 옆 골목에서 멋진 마차가 한 대 나오더군. 마차의 마부는 매우 서두르는 모습이 역력했지. 셔츠 단추는 반밖에 채우지 않았고 넥타이도 한쪽으로 쏠려 있었어. 마구의 끈도 쇠고리에 제대로 걸려 있지 않았다네. 그 마차가 현관 앞에 서자마자 한 여자가 급히 올라탔다네. 언뜻 봤지만 정말 아름답더군. 보헤미아 왕이 빠질 정도로 말이야. 여자는 마부에게 '존, 세인트모니카 성당으로 가줘요. 20분 안에 도착하면 반 파운드를 주겠어요.' 라고 말하더군. 이렇게 좋은 기회가 또 있을까 싶었지. 하지만 어떻게 가야 하나 또다시 고민을 하지 않을 수 없었네. 마차 꽁무니에 매달려서 가야겠다고 생각하던 찰나, 마침 마차 한 대가 오더군. 내 차림새가 허름했기 때문에 마부는 의심스럽게 쳐다보았지만 얼른 올라타며 마부에게 '세인트모니카 성당으로 가주시오. 20분 안에 도착하면 반 파운드를 주겠소.' 라고 말했지. 그때가 11시 35분이었고, 나는 뭔가 중요한 일이 일어나고 있다는 것을 쉽게 짐작할 수 있었네."

 그는 잠시 숨을 가다듬고 다시 말을 이었다.

 "그렇게 빠른 마차는 난생 처음이었네. 하지만 앞서 간 마차 두 대를 따라잡지는 못하더군. 내가 성당 앞에 도착했을 때는 그들의 마차가 모두 도착해 있었으니까. 마차의 말들은 모두 콧김을 내뿜고 있었고 내가 탄 마차의 말 역시 마찬가지였네. 나는 마부에게 돈을 지불하고 성당 안으로 급히 들어갔지. 성당 안에는 아이린 애들러와 갓프리 노턴, 그리고 신부 세 명밖에 없었네. 신부는 두 사람에게 무언가를 말하고 있었는데 나한테까지 들리지는 않았다네. 난 옆의 복도를 어슬렁거렸지. 그런데 갑자기 그들이 모두 나를 쳐다보더군. 그리고 갓프리 노턴이 내게 다가오더니 '오, 하느님! 감사합니다. 천만다행이군. 자네 이리 오게나.'라고 말하더군. '무슨 일인지 말씀해 주시지요.' 내가 그에게 말했지. '일단 이리 오게나. 3분이면 충분해. 시간이 넘으면 법적 효력이 없어진다네.' 나는 그에게 잡힌 채로 끌려갔다네. 그리고 그들이 일러주는 말을 중얼거리면서 서약했지. 내가 한 일은 바로 아이린 애들러와 갓프리 노턴의 비밀 결혼식의 증인이 되는 것이었어. 식은 금방 끝났고 신랑 신부는 나에게 감사의 인사를 했다네. 결혼식이 약식이었기 때문에 신부님이 증인이 없으면 결혼은 무효라고 했던 것 같았어. 다행히 그때 내가 나타나서 증인이 되었기 때문에 신랑은 큰길까지 나가서 사람을 찾지 않고서도 결혼식을 무사히 치를 수 있었던 것이지. 그래서 감사의 표시로 1파운드짜리 금화도 주었다네. 난 기념으로 그 금화를 시곗줄에 매달고 다닐 생각이지."

"정말 뜻밖이군. 이런 식으로 이야기가 진행될 줄이야. 그래서 그 다음은 어떻게 되었나?"

"두 사람의 결혼으로 내 계획에 차질이 생길 것 같아 걱정이 되었지. 그래서 난 급히 새로운 계획을 세워야 했어. 그런데 두 사람은 성당 앞에서 헤어지더니 신랑은 변호사협회로, 신부는 자신의 집으로 돌아가더군. 그녀는 헤어질 때 5시에 공원을 산책하겠다고 말했고, 난 그 말을 듣자마자 새로운 계획을 위해 이렇게 집으로 돌아온 거라네."

"그 준비는 무엇인가?"

"차가운 스테이크와 맥주 한 잔이라네."

홈즈는 허드슨 부인을 부르기 위해 초인종을 누르면

서 말했다.

"바빠서 먹는 것도 잊어버렸지 뭔가. 오늘 밤은 더 바쁠 것 같은데, 자네가 나를 도와줄 수 있겠지? 물론 사건 해결을 위해서라네."

"자네 일이라면 물론 돕겠네."

"법을 어겨야 하는 일일지도 모른다네."

"괜찮아."

"체포될 수도 있다네."

"사건을 해결할 수 있다면 상관없다네."

"고맙네. 자네가 도와줄 거라고 믿었다네."

"그런데 무엇을 도와주어야 하는지 물어봐도 되나?"

"허드슨 부인이 음식을 가져오면 그때 자세히 말하겠네. 오, 식사가 오는군."

그는 하숙집 아주머니가 가져다준 음식을 허겁지겁 먹으면서 말을 계속했다.

"시간이 별로 없으니 먹으면서 말하겠네. 벌써 5시가 되었군. 두 시간 후에는 현장으로 나가야 하네. 아이린 애들러, 아니 노튼 부인은 7시가 되면 산책에서 돌아오네. 우리는 그녀의 집 앞에서 그녀를 기다려야 해."

"그 다음에는?"

"다음 일은 이미 계획되어 있으니까 모두 내가 알아서 할걸세. 명심할 것은 자네는 어떤 일을 봐도 나서지 말아야 한다는 것일세."

"그냥 가만히 있으라는 건가?"

"그렇다네. 조금 불쾌한 소동이 일어나겠지만 자네는 그냥 가만히 있게. 내가 그 집으로 들어가서 약 5분 뒤에 거실 창문이 열릴 거야. 그때 자네는 창문 옆에서 내 신호를 기다리고 있게."

"알겠네."

"내가 손을 들면 내가 준 물건을 방을 향해 던지고 '불이야!'라고 소리치게. 알았나?"

"설마 불을 지르는 건가?"

"아니라네. 이건 위험한 물건이 아니야."

홈즈는 품속에서 긴 시가 모양의 두루마리를 꺼냈다.

"이건 배관공들이 사용하는 발연통이라네. 자연 발화가 될 수 있도록 양끝에 뇌관이 있지. 자네는 아까 말한 대로 이걸 던지고 '불이야!'라고 소리만 지르면 된다네. 그 다음에 큰길 끝에서 나를 기다리면 내가 10분 후에 그리로 갈걸세. 모두 이해했나?"

"정리해 보겠네. 난 가만히 상황을 보다가 창가로 가

서 자네를 지켜본 뒤, 자네가 신호를 하면 발연통을 던지고 '불이야!'라고 소리치는 거지. 그리고 길모퉁이에서 자네를 기다리면 되는 거고. 맞나?"

"정확히 이해했군."

"그 정도면 충분히 할 수 있네. 안심하게."

"그럼 이제 새로운 역할을 준비해야겠군."

홈즈가 침실로 잠시 들어갔다가 마음씨 좋은 목사가 되어 나타났다. 폭이 넓은 바지, 검은 모자, 하얀 넥타이, 온화한 눈빛과 상냥한 미소는 존 헤어(John Hare, 당대 최고의 배우-옮긴이)를 능가했다. 옷차림뿐만이 아니라 표정과 말투까지 전혀 딴사람이 되었다. 그의 모습을 보면서 그가 탐정이 되기로 결정했을 때 과학계에서는 뛰어난 과학자를, 연극계에서는 훌륭한 배우를 잃었다는 생각을 하지 않을 수 없었다.

홈즈와 나는 6시 15분에 집을 나섰다. 우리가 서펜타인 가에 도착은 예정 시간보다 빠른 6시 50분이었다. 주위는 이미 어둠이 내려 컴컴해졌기 때문에 가로등이 환하게 길을 밝히고 있었다. 우리는 여주인을 기다리면서 브리오니 저택 주변을 어슬렁거리고 있었다. 브리오니 저택은 홈즈의 설명을 듣고 내가 상상한 그대로였다. 그러나 한적한 동네의 모습과 달리 길 이곳저곳에는 이상하게 활기가 넘쳤다. 길 한쪽에서는 허름한 차림의 남자 몇 명이 담배를 피우며 이야기하고 있었고, 숫돌을 들고 칼과 가위를 갈고 있는 사람도 있었다. 두 명의 근위병은 아이를 데리고 있는 젊은 하녀와 농담을 주고받고 있었고, 시가를 물고 길을 가는 잘 차려입은 젊은 이들도 몇 명 있었다.

"왓슨, 사실 두 사람의 결혼으로 사건 해결은 더 쉬워졌다네. 우리의 고객 보헤미아 왕이 약혼녀인 공주에게 애들린과 찍은 사진을 보여주고 싶지 않듯이, 아이린 애들러 역시 갓프리 노턴에게 그 사진을 보여주고 싶지 않을걸세. 그런데 문제는 사진을 어디에 감추어 놓았을까 하는 것이군."

"글쎄, 어디에 보관하고 있는지 나도 궁금하군."

"직접 가지고 다니지 않는 건 확실해. 캐비닛 사이즈라면 너무 커서 옷이나 가방에는 숨길 수 없을 게 분명하거든. 게다가 두 번이나 당한 경험이 있으니 몸수색의 위험을 또다시 감수하지는 않을 거야. 즉, 갖고 다니지 않는다는 결론이 나오게 되지."

"그럼 역시 집에 보관하고 있는 걸까?"

"처음에는 은행에 보관하거나 변호사에게 맡겨두지 않았을까 하는 생각도 했었네. 하지만 지금까지 봐온 바로는 둘 다 아닌 것 같아. 여자는 비밀을 아주 좋아하기 때문에 일반적으로 자신의 물건을 남에게 맡기지 않아. 왕이 대리인에게 맡기지 않았듯이, 그녀도 다른 사람에게 맡겨 혹시 모를 위험을 감수할 것 같지는 않군. 게다가 2~3일 안에 그 사진을 꺼낼 생각이므로 쉽게 손이 닿을 수 있는 곳에 사진을 보관했을 거야. 바로 자신이 살고 있는 이 집에 말이야."

"하지만 왕의 말로는 두 번이나 집을 뒤졌다고 하지 않았는가?"

"변변치 않은 놈들이 제대로 일을 했을 거라고 생각하지 않네."

"그렇다면 역시 특별한 방법이 있는 건가?"

"내가 직접 찾는 것은 아니야. 그녀가 직접 사진을 숨긴 곳을 밝히게 하는 거지."

"그녀가 그렇게 해줄 리가 없지 않은가?"

"그렇게 할 수밖에 없는 계획이 있다네. 오, 그녀가 탄 마차 소리가 들리는군. 아까 내가 부탁한 순서 기억하는가? 꼭 그대로 해주게."

"걱정하지 말게."

홈즈의 말대로 아이린 애들러의 마차로 보이는 예쁜 소형 마차가 나타났다. 마차는 브리오니 저택 앞에서 멈춰 섰는데, 부랑자가 동전 하나를 얻으려는 생각으로 마차의 문을 열었다. 그러나 뒤이어 달려온 다른 부랑자한테 떠밀리면서 치열한 싸움이 벌어졌다. 근처에 있던 근위병은 싸움을 말리기 위해 달려왔고, 숫돌을 든 남자도 무리에 합세했다. 욕설과 주먹질이 오가는 중에 마차에서 내린 아이린 애들러는 남자들의 싸움 속에 갇히게 되었다. 그때 갑자기 홈즈가 그 무리로 들어가 그녀를 보호하려고 했으나 달려간 순간 얼굴에 피를 흘리면서 쓰러졌다. 홈즈의 모습을 보고 부랑자와 근위병, 숫돌을 든 남자들은 모두 도망가 버렸고, 근처를 서성이던 잘 차려입은 젊은이들이 달려왔다. 젊은이들은 그녀를 돕고 홈즈의 상처를 돌보기 시작했다. 그녀는 재빨리 돌계단을 올라가 집 현관 앞에 섰고, 아름다운 모습으로 난장판이 되었던 거리를 돌아보았다.

"이런, 그분은 많이 다치셨나요?"

그녀가 걱정스럽다는 듯이 물었다.

"죽은 것 같습니다."
한 젊은이가 말했다.
"아니에요. 숨을 쉬고 있어요. 하지만 병원까지 가다가는 죽을지도 모르겠어요."
다른 젊은이가 말했다.
"이 사람이 아니었으면 아가씨는 지갑과 시계를 빼앗겼을 겁니다. 정신 나간 부랑자 같으니라고. 이분을 아가씨 댁으로 옮길 수 없을까요?"
"물론 괜찮고말고요. 거실로 모셔 와서 소파에 눕혀 주세요."
젊은이들은 홈즈를 천천히 옮겨 브리오니 저택으로 들어갔다. 나는 그가 말한 창가 옆에서 그 모습을 지켜보았다. 방 안에는 램프가 있어서 밝았고 창문에 커튼도 치지 않았기 때문에 홈즈의 모습을 잘 볼 수 있었다. 아름답고 친절한 그녀의 모습을 보노라니 강한 죄책감에 사로잡히게 되었다. 하지만 그녀 역시 좋지 않은 마음으로 보헤미아 왕을 협박하고 있었다. 게다가 홈즈와는 이미 약속했으므로 마음을 강하게 먹고 발연통을 든 채 그의 신호를 기다렸다.
잠시 후, 누워 있던 홈즈는 몸을 일으켰고 답답하다

는 듯이 하녀에게 무언가 부탁했다. 하녀는 창가로 달려와서 창문을 열었고, 동시에 홈즈는 나에게 손을 들어 신호를 보냈다. 나는 발연통을 던지고 '불이야!'라고 소리쳤다. 방 안이 연기로 가득해지면서 창문 바깥으로까지 흘러나왔다. 연기 속에서 사람들이 뛰어다니더니 잠시 후 불이 아니라 누가 장난친 것 같다는 홈즈의 말이 들렸다. 나는 홈즈가 말한 대로 창가를 떠나 큰길 끝으로 갔다. 10분 후에는 홈즈가 나의 손을 잡아끌었고, 소동이 일어난 장소에서 벗어날 수 있었다. 홈즈와 나는 에지웨어 로路로 통하는 조용한 거리까지 말없이 빠르게 걸었다.

"왓슨, 잘 해주었네. 모든 일이 계획대로 되었어."

"사진은 찾았는가?"

"그녀가 감추어둔 장소를 알려주었다네."

"차근차근 설명해 주게."

"아주 간단한 일이었네. 길거리에 있던 사람들 모두 내가 고용한 사람들이었다는 것은 자네도 이미 알고 있었겠지?"

홈즈는 계속 걸으면서 말을 이었다.

"그건 이미 알고 있었네."

"내가 싸움에 합류했을 때 나는 손에 물감을 갖고 있었네. 그 손으로 얼굴을 문질러 피가 난 것처럼 꾸민 것이지."

"그것도 알고 있었네."

"사람들이 나를 데리고 거실 소파에 눕혔지. 사진이 거실에 있을 거라고 생각한 나에게는 아주 다행이었다네. 소파에 누워 있을 때 창문을 열어달라고 해서 자네의 역할을 다할 수 있도록 했고."

"그건 어떻게 된 것인가?"

"집에 불이 나면 여자는 가장 소중한 것부터 챙기게 되지. 이건 어쩔 수 없는 본능이라네. 달링턴 사건과 아른스워스 성 사건 등에서 본 것처럼 기혼녀는 아기를, 미혼 여성은 보석 상자를 챙기는 거지. 아이린 애들러에게 가장 소중한 물건은 아마도 그 사진일 테니까 불이 나면 가장 먼저 그곳으로 달려갈 거라 생각했다네. 연기가 솟아오르고 사람들이 웅성대면 아무리 침착한 여자라도 당황할 수밖에 없으니 말이야. 그녀는 내 예상대로 오른쪽 설렁줄 바로 위, 판자벽 뒤의 오목한 공간에서 사진을 꺼내더군. 그 모습을 확인하고 난 소동을 정리했지. 그녀는 발연통을 잠시 쳐다보더니 급히 밖으로 나갔고 돌아오지 않았네. 사진을 꺼내오고 싶었지만 마부가 나를 미심쩍은 눈으로 쳐다보고 있어서 그냥 나올 수밖에 없었네. 일단 사진의 위치만 안다면 꺼내오는 것은 아주 간단한 일이기도 하고. 괜히 서둘렀다가 사진을 보관한 장소를 바꾸면 큰일이지 않은가."

"이제 어떻게 할 생각인가?"

"조사는 끝났네. 내일 폐하와 함께 그 여자를 방문해서 사진을 되찾을 거라네. 자네도 같이 가세나. 우리는 거실에서 기다리겠지만 그건 아주 잠시일 것이고, 우리는 사진과 함께 돌아올 거라네. 폐하 역시 직접 사진을 찾는다면 충분히 만족할 테지."

"몇 시에 갈 예정인가? 나도 가고 싶은데."

"오전 8시라네. 그녀는 그 시간에 일어나지는 않을 테니까 우리에게 주어진 시간은 넉넉할 것 같군. 결혼으로 그녀의 생활습관이 바뀔지도 모르니 서두를 필요가 있어. 일단 폐하에게 전보를 쳐야겠군."

우리는 어느새 베이커 가에 도착했고, 홈즈는 문을 열기 위해 열쇠를 찾고 있었다. 그런데 지나가는 사람이 인사를 했다.

"안녕하세요, 셜록 홈즈 씨."

인사를 건넨 사람은 긴 외투를 입은 날씬한 젊은이로, 인사를 하자마자 지나쳐버려 길을 지나가던 행인 속에 파묻혔다.

"귀에 익은 듯한 목소리인데 누군지 모르겠군."

홈즈는 젊은이의 뒷모습을 보면서 고개를 갸우뚱했다. 나는 다음 날 아침 일찍 집을 나서야 했으므로 그날 밤은 홈즈 집에서 신세를 지기로 했다.

다음 날 아침, 홈즈와 아침 식사를 하고 있는데 보헤미아 왕이 급하게 들어왔다.

"사진을 찾았다는 것이 사실이오?"

왕은 홈즈의 어깨를 잡고 얼굴을 뚫어질 듯이 노려보며 말했다.

"아직은 찾지 못했습니다."

"그럼 어디 있는지는 알고 있는 것이오?"

"물론입니다. 곧 폐하의 손에 건네 드리지요."

"그럼 바로 갑시다. 나는 한시가 급하오."

"마차가 오면 바로 가겠습니다."

"아니오. 내 마차를 대기시켜 놓았으니 그걸 타고 갑시다."

"그렇게 하지요."

잠시 뒤 보헤미아 왕과 나, 홈즈는 브리오니 저택을 향해 출발했다.

"폐하, 아이린 애들러는 어제 결혼했습니다."

"결혼이라고? 상대는?"

"갓프리 노턴이라는 영국인 변호사입니다."

"맙소사, 그녀가 다른 사람을 사랑할 거라고는 생각하지 않았소."

"저는 그녀가 변호사를 진정으로 사랑하기 바랍니다."

"그러기를 원하는 특별한 이유라도 있소?"

"만일 그녀가 남편을 사랑한다면 폐하에게는 이미 애정이 없다는 것이고, 앞으로는 폐하를 협박하거나 괴롭히지 않을 테니까요."

"그건 그렇군. 하지만……. 그녀가 나와 신분이 비슷했다면 정말 훌륭한 왕비가 되었을 텐데."

왕은 더 이상 말을 하지 않았고, 서펜타인 거리에 닿을 때까지 마차 안에는 정적이 흘렀다. 브리오니 저택에 도착하여 마차에서 내리자, 나이든 여자가 우리를 놀리는 듯이 쳐다보더니 말을 걸었다.

"셜록 홈즈 씨 맞습니까?"

"맞습니다."

당황한 홈즈가 여자를 바라보며 말했다.

"역시 그렇군요. 홈즈 씨가 방문할 거라고 부인이 말씀하셨습니다. 부인은 남편분과 함께 오늘 아침 5시 15분 기차로 채링크로스 역을 출발해서 유럽으로 가셨습니다."

"뭐라구요? 그럼 영국을 떠난 겁니까?"

홈즈는 비틀거리며 그녀에게 되물었다.

"다시는 돌아오지 않을 거라고 말씀하셨습니다."

"사진은 어떻게 되는 건가?"

왕은 낮은 목소리로 홈즈에게 물었고 홈즈는 말없이 거실로 뛰어 들어갔다. 거실의 가구와 서랍이 마구 흩어져 있는 것으로 보아서 짐을 서둘러 챙겼다는 것을 알 수 있었다.

홈즈는 사진이 있던 판자벽 뒤에서 사진 한 장과 편지 한 통을 꺼냈다. 사진은 야회복 차림의 아이린 애들러였고, 편지 봉투에는 '셜록 홈즈 귀하'라고 쓰여 있었다. 홈즈는 봉투를 바로 뜯었고 우리는 모두 편지를 바라보았다. 날짜는 어젯밤 12시로, 내용은 다음과 같았다.

셜록 홈즈 씨!

당신이 매우 뛰어난 솜씨를 가졌다는 것은 이미 알고 있었으나 이렇게 멋지게 일을 해내실 줄은 몰랐습니다. '불이야!'라는 소리에 저는 전혀 눈치를 채지 못했고, 당신을 의심조차 하지 않았어요.

그러나 사진을 꺼내려다 갑자기 예전에 받은 어떤 충고가 떠올랐습니다. 폐하가 이 사건을 홈즈 씨에게 의뢰할지 모르니 당신을 경계하라는 말이었지요. 저는 당신의 주소까지 미리 알아놓았고 나름대로 준비를 하고 있었습니다. 그런데도 결국 당신이 원하는 대로 해버렸습니다.

저는 그토록 친절한 목사님을 나쁘게 생각하고 싶지 않았어요. 하지만 확인은 꼭 해야 했답니다. 저는 배우를 지망할 정도였고, 무대에서 다른 모습이 되는 것에 익숙했기 때문에 남자로 변장하는 것은 어려운 일이 아니었습니다. 마부 존을 시켜 당신을 감시하게 하고 당신을 미행했지요. 당신이 셜록 홈즈 씨라는 것을 확인하고 가볍게 인사까지 한 뒤 저는 남편을 만나러 갔습니다.

남편 역시 이렇게 무서운 분이 노리고 있다면 도망치는 것이 가장 좋은 방법이라고 생각하여 급히 영국을 떠납니다. 아마 당신이 이 편지를 볼 때쯤이면 우리는 영국을 벗어났을 거예요. 사진에 대해서는 안심하시라고 당신의 의뢰인에게 전해 주세요. 저는 좋은 분을 만나 결혼까지 했으니까요.

그분은 제게 마음의 상처를 주셨지만 저도 더 이상 그분을 괴롭히지 않겠습니다. 사진은 저를 보호하는 목적으로 갖고 있을 것입니다. 대신 제 사진 한 장은 남겨둡니다. 폐하가 원하신다면 사진을 드리셔도 좋아요.

그럼 안녕히 계세요.

- 아이린 노튼, 애들러

"역시 대단한 여자야. 정말 훌륭해."

편지를 읽고 난 뒤 보헤미아 왕은 감탄하며 소리쳤다.

"역시 아이린은 지혜롭고 강인한 여자군. 신분 차이만 없었다면 보헤미아 왕비로 손색이 없었을 텐데 정말 안타까운 일이오."

"제 생각에 노튼 양은 폐하와 어울리지 않는 것 같습니다. 그리고 의뢰하신 일을 제대로 처리하지 못해 매우 죄송합니다."

홈즈는 냉정한 말투로 말했다.

"아니오, 매우 만족스럽소. 그녀가 약속을 지키리라는 것은 확실하니까. 사진은 이미 처리된 것과 다름이 없소."

"그렇게 생각해 주신다니 다행이군요."

"당신에게 어떻게 감사를 표해야 할지……. 원하는 것이 있으면 무엇이든 말하시오. 감사의 표시로 이 반지라도 주고 싶소."

왕은 커다란 에메랄드 보석이 장식된 반지를 손가락에서 뺀 뒤 홈즈에게 내밀었다.

"폐하, 저는 갖고 싶은 다른 물건이 있습니다만."

"무엇이든지 망설이지 말고 말하시오."

"그녀의 사진입니다."

"아이린의 사진을 갖고 싶다는 것이오?"

왕은 매우 놀란 눈빛으로 홈즈를 바라보았다.

"좋소, 당신이 원한다면 그렇게 하시오."

"감사합니다. 폐하의 일은 마무리되었습니다. 안녕히 가십시오."

홈즈는 왕이 내민 손조차도 의식하지 못하고 돌아섰다. 나는 그와 함께 베이커 가로 돌아왔다.

이것이 보헤미아 왕과 관련된 스캔들로, 셜록 홈즈의

뛰어난 계략이 한 여성의 기지 앞에서 무너져버린 이야기이다. 자주 여성의 지혜를 비웃던 그는 이 사건 이후로 여자를 비하하는 말을 절대 하지 않았다. 또한 아이린이나 그녀의 사진에 대해 이야기를 할 때면 언제나 경건한 말투로 '그 여성'이라는 경칭을 사용하였다.

블루 카벙클
The Blue Carvuncle

크리스마스가 지나고 이틀 뒤 아침, 나는 안부를 물을 겸 홈즈의 집을 찾았다. 그는 새빨간 실내복 차림으로 소파에서 게으름을 즐기고 있었다. 오른손이 닿는 곳에는 파이프 걸이가 놓여 있었고, 다 읽고 구겨버린 신문이 수북하게 쌓여 있었다. 소파 옆에는 흔한 나무 의자가 하나 놓여 있었는데, 의자 등받이에는 보잘것없이 낡은 펠트 모자가 아무렇게나 걸쳐져 있었다. 모자는 몇 군데가 갈라지기까지 해서 도저히 쓰고 다니기 어려울 정도로 해져 있었다. 의자 위에는 핀셋과 돋보기가 놓여 있어서 모자를 걸어놓은 목적이 무엇인지 한눈에 알 수 있었다.

"홈즈, 사건이 있었던 건가? 갑자기 찾아와서 방해가 된 건 아닌지 모르겠네."

"천만에. 관찰 결과를 정리하고 있던 중이었는데, 이야기를 나눌 친구가 오다니 기쁘군. 아주 사소한 것이긴 하지만 이 모자에는 흥미로운 요소부터 교훈적인 내용까지 있다네."

홈즈는 손가락으로 모자를 가리키면서 말했다. 나는 안락의자에 앉아서 난롯불에 손을 쬐었다. 난롯불은 바깥의 매서운 한파와 관계없이 탁탁 소리를 내며 타고 있었고, 유리창에는 성에가 두껍게 끼어 있어 안과 밖을 차단하는 듯한 인상을 주었다.

"그 낡은 모자에 굉장한 사연이라도 숨어 있나? 아니면 그 모자를 단서로 사건을 해결하고 범인을 찾아서 벌을 줄 건가?"

나는 가볍게 한 마디 던졌다.

"하하! 범인이라니. 그런 건 절대 아니라네."

홈즈는 껄껄 웃으면서 대답했다.

"이것은 수많은 사람들이 살아가는 동안 생길 수 있는, 조금 별난 사건일 뿐이야. 서로 얽혀서 사는 사람들의 행동 사이에는 상상도 할 수 없는 특이한 일이 생기게 마련이니까. 범죄라고는 할 수는 없지만 놀랍고 기이한 일들 말일세. 우리는 그동안 그런 경험을 충분히 하지 않았나?"

"그건 그래. 최근 내가 기록한 여섯 개의 사건 중 법적으로 해결할 수 있는 사건은 단지 세 건에 불과했지."

난 최근에 발표한 사건들을 생각하며 대답했다.

"아마 자네는 아이린 애들러 사건, 서덜랜드 양의 기이한 경험, 입술 삐뚤어진 사내에 대한 이야기를 하고 있는 것 같군. 그건 그렇고 자네 혹시 피터슨 수위를 알고 있나?"

"물론 알고 있지. 그가 왜? 무슨 일이 있었나?"

"이 모자는 바로 그가 가져왔다네."

"그의 모자인가? 그는 이런 모자를 쓴 적이 없는 거 같은데."

"피터슨은 이 모자를 주운 거라 모자의 주인이 누구인지 모른다네. 이 모자를 단순히 낡고 오래된 모자로만 보지 말고, 하나의 관찰 대상으로 보는 건 어떻겠는가? 먼저 이 모자가 어떻게 여기까지 오게 됐는지 말해 주겠네. 이 모자는 크리스마스 아침에 살찐 거위 한 마리와 도착했어. 같이 온 거위는 아마 피터슨이나 그 아내가 굽고 있을 것 같군. 아니면 벌써 먹고 있을지도 모르고.

크리스마스 새벽 4시 경, 피터슨은 술집에서 나와 집으로 가려고 토튼햄 코트로를 걷고 있었다네. 그런데 가스등 불빛 아래에 키가 큰 남자 한 명이 하얀 거위 한 마리를 어깨에 메고 비틀거리면서 가고 있었다더군. 그는 별 생각 없이 보고 있었는데, 얼마 지나지 않아 구시가 모퉁이쯤에서 불량배 몇 명과 시비가 붙었다더군. 불량배 한 명이 남자의 모자를 빼앗았고, 남자는 자신의 몸을 지키기 위해 지팡이를 휘둘렀는데 그만 뒤에 있던 상점의 유리를 깨뜨리고 말았다네. 이쯤 되자 피터슨은 그 남자를 도와야겠다는 생각에 달려갔지. 다행히 피터슨이 그쪽으로 달려가자 불량배들은 모두 도망갔다고 하더군. 하지만 멀리서 경찰같이 보이는 사람이 오자, 남자는 모자와 거위를 떨어뜨리고 도망가 버렸어. 그 남자는 토튼햄 코프로 뒤에 있는 복잡한 뒷골목으로 사라지고 만 거야. 결국 피터슨은 혼자 싸움터에 남게 됐고, 찌그러진 펠트 모자와 거위 한 마리를 얻게 된 것이지. 자네도 알겠지만 피터슨은 아주 믿을 만한 사람이 아니던가. 그가 거짓말을 하진 않았을 거야."

"그럼 피터슨은 거위를 주인에게 돌려주었는가?"

"아니, 그러지 못했다네. 그게 쉬운 일이 아니더군.

거위의 왼쪽 다리에는 '헨리 베이커 부인에게'라는 작은 카드가 붙어 있었고, 이 모자 안쪽에도 H. B.라는 이니셜이 있었지. 이 도시에 베이커라는 사람은 얼마나 많을 것이며, 그중에서 헨리 베이커라는 사람은 또 얼마나 많을지 생각해 보게."

"그렇긴 하군. 그런데 왜 자네에게 가져왔지?"

"피터슨은 내가 아주 작은 문제에도 관심이 많다는 것을 잘 알아. 그래서 크리스마스 아침에 모자와 거위를 여기로 가져왔다네. 거위는 오늘 아침까지 보관하고 있었는데, 더 두었다가는 상해 버릴 것 같더군. 그래서 거위의 임무를 다할 수 있도록 피터슨에게 보냈지. 물론 모자는 아직 여기 있지만."

"혹시 그 남자가 분실물 광고를 내지는 않았나?"

"아니, 그런 건 없었네."

"하지만 자네는 그의 신분을 알아냈을 것 같군."

"뭐 추리할 수 있는 만큼은 알아냈다고 할 수 있지."

"모자를 보고 말인가?"

"물론 그렇다네."

"아무리 자네라고 해도 그건 지나쳐. 낡고 찌그러진 모자에서 뭘 알아낼 수 있단 말인가?"

"자네는 내 방식을 잘 알고 있을 텐데. 여기 돋보기가 있으니 이 모자를 쓰고 다닌 사람에 대해 몇 가지 정도는 정확하게 알 수 있다네."

나는 자세히 살필 수 있도록 두 손으로 그 모자를 들고 여기저기를 보면서 꼼꼼하게 관찰했다. 흔히 볼 수 있는 둥근 테의 검은색 모자로, 얼마나 오래 썼는지 몹시 낡아 있었다. 안감으로는 붉은 비단을 댄 것 같았는데, 색깔이 많이 바랜 채였다. 상표는 없었지만 홈즈의 말처럼 'H. B.'라는 이니셜이 한쪽에 필기체로 쓰여 있었다. 끈을 넣어 사용할 수 있도록 챙에 구멍이 있었지만 고무끈은 달려 있지 않았다. 먼지가 심하게 앉아 있었고, 심지어 몇 군데는 갈라져 있기까지 했다. 그리고 변색된 부분을 감추기 위해서인지 곳곳에 잉크를 칠해 놓은 게 눈에 띄었다.

"이렇게 보기만 해서는 몹시 낡았다는 것 외에는 모르겠네."

나는 모자를 홈즈에게 주면서 말했다.

"왓슨, 그렇지 않아. 자네는 모든 걸 다 봤지 않은가. 단지 그것을 배경으로 해서 추리할 능력이 부족할 뿐이라네. 자네는 추론하는 것을 너무 망설여."

"그럴 수도 있겠지. 자네는 무엇을 알아낸 건가? 말해 주게나."

홈즈는 눈을 가늘게 뜨고 손에 든 모자를 응시한 채 말했다.

"나도 생각만큼 많은 걸 알아내지는 못했다네. 그래도 아주 명백한 몇 가지 특징과 또 가능성이 크다고 짐작할 수 있는 점들도 몇 가지 알아냈지. 먼저 이 모자의 주인은 매우 지적인 사람일 거야. 3년쯤 전에는 아주 잘살았는데 지금은 가난해졌다는 것도 알 수 있지. 또 계획하고 준비하는 성격이 강했는데 아마도 불행한 생활로 인해 지금은 정신적으로도 많이 약해진 듯해. 전체적으로 이 모자의 주인은 현재 좋지 않은 상황이야. 습관적으로 술을 마시는 버릇도 생긴 것 같은데, 그와 동시에 아내의 애정도 잃어버린 것 같군."

"대체 그런 사실을 모자만으로 어떻게 알 수 있다는 말인가!"

"더 들어보게. 하지만 이 남자에게도 신사로서의 자긍심이 아직 남아 있어. 건강이 안 좋아서일지 모르지만 집 밖에도 거의 나가지 않고 매우 조용히 살고 있지. 중년 정도의 나이에 머리는 희끗한 편이며 최근에 이발을 했군. 머리에는 라임 크림을 바르고 다니는군. 집에 가스등도 설치되지 않았을 것 같고."

"홈즈, 자네 농담하는 건가? 대체 어떻게……."

"자네, 나를 못 믿는 건가? 내가 이렇게 하나하나 말해 주었으니 자네도 알 수 있을 거라고 생각하는데."

"난 바보인 건가? 자네의 추리를 들었는데도 난 정말 모르겠네. 일단 그 남자가 지적이라는 건 어떻게 알 수 있는 거지?"

대답 대신 홈즈는 모자를 썼다. 모자는 이마를 지나 콧등까지 내려왔다.

"정확하다고 할 수는 없지만 머리가 크다는 건 뇌가 크다는 것이고 그 안에 지식도 많이 들었을 거라고 판단할 수 있지."

"최근에 가난해졌다는 건 어떻게 알았나?"

"이 모자는 산 지 3년 정도 됐네. 그때는 이렇게 챙 끝이 말린 모자가 유행이었어. 이 모자를 자세히 보게나. 비단으로 단을 대고 안감으로 이렇게 고급 제품을 썼다면 모자 역시 최고급품임에 틀림없네. 3년 전에는 값비싼 모자를 살 만큼 여유가 있었는데, 아직도 이렇게 낡은 모자를 쓰고 다닌다면 이건 현재의 생활이 어려워졌다고밖에 할 수 없지."

"오, 그렇군. 그런데 준비성이 강한 것과 정신이 약해졌다는 건 무엇을 보고 알게 된 건가?"

"여기를 보면 준비성이 철저하다는 걸 알 수 있지."

홈즈는 끈을 넣을 수 있는 챙의 동그란 작은 구멍을 가리키면서 말했다.

"모자에 처음부터 이런 구멍이 있진 않아. 그러니 주문할 때 요청했을 거야. 이유가 뭐겠는가? 바람이 불어도 모자가 날아가지 않게 하기 위해서야. 그것만 봐도 준비성이 철저하다는 걸 알 수 있지. 하지만 끈이 없는데도 새로운 끈을 넣지 않은 것을 보면 준비성이 예전만큼 못 하다는 게 틀림없지. 즉 정신적으로 약해졌다는 것이고. 하지만 모자의 얼룩은 두고 보지 않았네. 검은색 잉크를 칠해서 감추려고 한 것을 보면 아직 자긍심이 남아 있다는 것을 알 수 있지."

"오, 정말 그럴듯하군."

"나이, 머리카락 색깔, 이발, 라임 크림 같은 건 모자 안감을 자세히 관찰하면 알 수 있지. 돋보기로 보면 이발사가 잘라낸 짧은 머리카락이 많이 보이거든. 전부 끈적하게 달라붙어 있는데, 라임 크림 냄새도 진하게 난다네. 모자에 쌓인 먼지를 자세히 보게. 길에서 날리는 회색 흙먼지가 아니라 집에서 흔히 볼 수 있는 갈색 먼지야. 그리고 안쪽에 있는 젖은 자국이 보이나? 모자 주인이 땀을 많이 흘렸다는 증거인데, 이것으로 몸 상태가 좋지 않다는 것도 알 수 있지."

"하지만 부인에 대한 내용은 어떻게 알았지? 애정이 식었다는 것 말일세."

"모자가 전혀 관리되어 있지 않아. 솔질도 안 한 지 몇 주는 된 듯해. 만약 자네가 일주일 동안 고스란히 먼지가 쌓인 모자를 쓰고 여기 온다면, 나는 자네가 부인의 애정을 잃었다고 생각할 거야."

"혹시 독신일 수도 있지 않은가?"

"아니야, 그렇지 않아. 부인을 위해서 집에 거위를 가져가고 있었으니까. 거위 발목에 있던 카드를 생각해 보게. '헨리 베이커 부인에게'라고 쓰여 있었어."

"그렇군. 자네는 역시 모든 질문에 답을 할 수 있군. 그럼 한 가지만 더 묻겠네. 집에 가스등이 없다는 건 어떻게 알았지?"

"모자에 소기름 초 얼룩이 다섯 개나 있더군. 한두 번쯤은 우연일 수도 있다고 생각할 수 있지. 하지만 이렇게 많다는 건 소기름 초를 매일 썼다고 할 수 있지. 아마 밤에 한 손에는 불을 켠 초를, 한 손에는 모자를 들고 2층으로 올라갔을 거야. 가스등을 사용하는 집이 소기름 초를 사용할 리가 없지 않은가."

"정말 독창적이군. 역시 자네는 대단해. 하지만 홈즈, 그 남자가 모자와 거위를 잃어버린 것 외에 다른 피해가 전혀 없다면 이 모든 추리는 그저 시간 때우기로 남겠군."

웃으면서 내가 말을 끝내고 홈즈가 대답하려는 순간, 갑자기 문이 열리면서 피터슨 수위가 방으로 뛰어 들어왔다. 얼굴은 흥분으로 붉어져 있었고, 깜짝 놀란 듯했다.

"선생님! 홈즈 선생님! 거위가! 세상에 거위가!"

피터슨 수위는 숨을 몰아쉬면서 말을 잇지 못했다.

"무슨 일인가? 거위가 살아서 날아가기라도 했나?"

홈즈는 소파에서 몸을 반쯤 일으킨 채 피터슨이 흥분한 모습을 천천히 바라보며 말했다.

"이걸 좀 보세요. 아내가 거위의 모이주머니에서 발견한 겁니다!"

피터슨의 손 안에는 눈부시게 빛나는 푸른색 보석이

놓여 있었다. 콩알보다 작은 크기였지만 값비싼 보석인지 매우 환하게 빛나고 있었다.

"오, 피터슨! 정말 엄청난 보석이군. 자네 이게 뭔지 알겠나?"

홈즈는 몸을 일으켜 휘파람을 불면서 말했다.

"다이아몬드 아닌가요? 비싸고 귀한 다이아몬드가 틀림없죠?"

"아닐세, 이건 그저 단순한 보석이 아닌 보석의 왕 카벙클이라네."

"홈즈, 이 보석은 모르카 백작 부인의 푸른 카벙클(Carbuncle, 불룩한 둥근 모양의 석류석으로 예전에는 사파이어, 루비, 석류석 등 붉은 빛이 나는 보석들을 부르던 통칭-옮긴이)이 아닌가!"

"그렇다네. 요즘 매일 '타임스' 광고란에 나오는 보석이야. 크기도 모양도 똑같군. 세상에 둘도 없는 귀중한 보석이지. 가치야 나도 정확히 알 수는 없지만, 이 보석에 걸린 현상금 천 파운드는 아마 보석 가격의 20분의 1도 안 되겠지."

"천 파운드라고요? 오, 하느님!"

피터슨 수위는 바닥에 털썩 주저앉아 자신도 모르게

두 손을 모으고 우리 둘을 번갈아 바라보았다.

"그래, 현상금만 천 파운드라네. 백작 부인은 이 보석을 되찾을 수 있다면 재산의 반이라도 내놓겠다고 했지. 아마 보석과 얽힌 개인적인 사연이 있을 거야."

"며칠 전 코스모폴리탄 호텔에서 도난당한 기사를 본 것 같아."

내가 기억을 떠올리며 말했다.

"맞아. 12월 22일, 정확히 5일 전이지. 배관공인 존 호너가 백작 부인의 보석함에서 훔쳤다는 혐의를 받고 있어. 그가 범인이라는 증거가 확실해서 사건은 이미 순회 재판으로 넘어갔다네. 여기에 그 사건에 대한 기사가 어디 있을 텐데……."

홈즈는 날짜를 확인하면서 신문 더미를 뒤적이더니 신문 한 장을 꺼냈다. 신문을 반으로 접어든 그는 모두가 들을 수 있도록 큰 소리로 신문을 읽어주었다.

코스모폴리탄 호텔 보석 절도 사건

올해 26세의 배관공 존 호너는 22일 모르카 백작 부인의 보석함에서 고가의 보석을 훔친 혐의로 기소되었다. 호텔 지배인 라이더 씨의 증언에 따르면, 절도 사건이 있던 날 호너는 지배인을 따라 백작 부인의 방으로 갔다. 벽난로 연료받이를 땜질해야 했기 때문이다. 지배인은 호너 옆에 있다가 호출을 받고 잠시 밖으로 나갔다 돌아와 보니 호너는 없고 장롱 서랍이 열려 있었으며, 작은 모로코 가죽 보석함이 화장대 위에 함부로 열려 있었다. 백작 부인의 하녀도 지배인이 소리치는 것을 듣고 방으로 달려왔는데, 도난 현장에 대한 증언은 지배인과 일치했다. 지배인은 즉시 경찰에 신고했고 호너는 그날 저녁에 체포되었다. 백작 부인은 보석함에 블루 카벙클이라는 보석을 넣어두었다고 말했으나 호너에게서 보석은 발견되지 않았다.

브래드스트리트 경위에 따르면, 호너는 체포되는 순간부터 지금까지 강력하게 자신의 무죄를 주장하고 있다. 그러나 그에게는 이미 절도 전과가 있으며, 판사는 그를 즉결 재판이 아닌 순회 재판에 넘겼다. 호너는 재판이 진행되는 동안 매우 극단적인 감정 상태를 보였으며, 판결이 나자 기절하여 법정에서 병원으로 옮겨졌다.

"신문 기사는 여기까지야."
홈즈는 신문을 내던지고 잠시 생각에 잠겼다.

"코스모폴리탄 호텔의 보석함에서 토튼햄 코트로에 떨어진 거위의 모이주머니라……. 대체 그 사이에 어떤 사건들이 있었던 걸까? 왓슨, 방금 우리가 재미삼아 해본 추리는 의미가 있겠군. 일단 보석은 여기 있고, 이 보석은 거위 몸속에서 나왔지. 그 거위는 낡은 모자를 쓴 신사 헨리 베이커 씨의 것이고. 이제 그 신사를 찾아서 그가 무슨 일을 한 건지 물어봐야 할 것 같아. 그를 찾기 위한 가장 간단한 방법은 역시 신문광고지. 일단 석간 신문에 광고를 실어보자고. 거기 연필과 종이를 좀 주게."

구시가 모퉁이에서 거위 한 마리와 검은 모자 습득.
주인으로 추정되는 헨리 베이커 씨는 오늘 저녁 6시 30분까지 베이커 가 221B번지로 오시기 바람.

"자, 간단하지?"
"그렇군. 하지만 헨리 베이커가 이 광고를 볼까?"
"내가 보기엔 그는 신문을 샅샅이 보고 있을 거야. 가난한 사람에게 거위 한 마리는 꽤 큰 가치가 있지. 그때는 유리창을 깨고 피터슨까지 있어서 당황했겠지만,

아마 거위를 두고 온 일은 계속 후회하고 있을 거야. 그런데 자기 이름이 신문에 보이면 얼른 오겠지. 혹시 직접 못 보더라도 주위에서 알려줄 수도 있을 테고. 피터슨, 어서 광고 대행사로 가서 여기 이 내용을 석간 신문에 실어달라고 하게나."

"알겠습니다. 어느 신문으로 할까요?"

"<글로브>, <스타>, <폴 몰>, <세인트 제임스>, <이브닝 뉴스 스탠더드>, <에코>…… 생각나는 신문은 전부."

"네, 알겠습니다. 이 보석은 어떻게 하죠?"

"내가 보관하도록 하지. 참, 피터슨! 다녀오는 길에 거위 한 마리도 사오게나. 베이커 씨가 오면 자네 가족이 먹고 있는 거위 대신 다른 거위를 줘야 할 테니까 말이야."

피터슨 수위가 나가자 홈즈는 보석을 불빛에 비추며 관찰했다.

"정말 아름다워. 이렇게 반짝거릴 수 있다니 대단하지 않은가! 하지만 이 보석 때문에 얼마나 많은 범죄가 일어났을까? 다른 유명한 보석들처럼 말이야. 크고 오래된 보석일수록 각각 그 단면을 들여다보면 선혈이 낭자한 유혈극을 간직하고 있겠지. 이 보석은 악마의 미

끼야. 이 보석의 역사는 20년도 채 안 되었다네. 중국 남부의 아모이 강 제방에서 발견됐는데, 푸른색이라는 것을 빼면 카벙클의 모든 특징을 가지고 있지. 세상에 나온 지 얼마 되지 않았어도 불행한 역사는 길어. 겨우 40그레인밖에 안 되는 보석이지만 이미 두 번의 살인 사건, 황산 투척, 자살, 몇 번의 절도 사건이 벌어졌지. 이렇게 아름다운 모습을 하고 있지만 교수대와 감옥으로 가는 다리 역할을 한 셈이야. 일단 튼튼한 금고에 보석을 넣고, 백작 부인에게 보석을 찾았다는 편지를 쓰자고."

"홈즈, 자네는 호너가 무죄라고 생각하나?"

"그건 나도 알 수 없네."

"그럼 헨리 베이커라는 남자가 사건과 관련이 있다고 생각하나?"

"그에게는 죄가 없을 가능성이 더 커. 자기가 들고 있는 거위가 그만한 크기의 금보다 더 가치가 크다는 걸 몰랐을 테니까. 뭐 그건 헨리 베이커 씨가 오면 간단히 알 수 있으니 함께 기다리자고."

"그때까지 다른 할 일은 없는 건가?"

"그렇다네. 일단 그를 기다려야지."

"그러면 난 병원에 좀 다녀오겠네. 예약 환자가 있어. 하지만 6시 반까지는 돌아올 수 있네. 복잡한 사건처럼 보여서 그 과정과 결말이 몹시 궁금하군."

"오, 그래준다면 나도 기쁘겠네. 오늘 저녁 식사는 7시라네. 메뉴가 새 요리인데 혹시 모르니 허드슨 부인에게 모이주머니를 잘 확인하라고 물어봐야겠군."

그러나 안타깝게도 한 환자 때문에 일이 늦게 끝난 탓에 베이커 가로 돌아간 것은 6시 반이 조금 넘어서였다. 홈즈의 집 앞에 도착했을 때, 챙 없는 검은 모자를 쓴 한 남자가 상의 단추를 목까지 채운 채 현관 앞에 서서 현관 유리창에서 나오는 밝은 불빛을 몸으로 받고 있었다. 곧 문이 열렸고 그 남자와 나는 함께 홈즈의 방으로 올라갔다.

"헨리 베이커 씨죠? 반갑습니다."

홈즈는 안락의자에서 몸을 일으키며 따뜻한 미소를 지은 채 손님을 맞이하였다. 평소에는 쉽게 볼 수 없는 모습이었지만, 이렇게 편안한 인상도 줄 수 있었던 것이다.

"베이커 씨, 이쪽으로 앉으세요. 오늘 밤은 정말 춥네요. 베이커 씨는 추위를 많이 타실 것 같군요. 왓슨, 자

네도 늦지 않게 잘 왔군. 베이커 씨, 이것은 당신 모자인가요?"

"네, 제 모자입니다."

베이커 씨는 체격이 큰 사람이었다. 붉은 코와 뺨, 큰 머리, 지적으로 보이는 넓은 얼굴, 반백이 된 뾰족한 갈색 턱수염, 둥그런 어깨, 조금씩 떨리는 손 등은 홈즈가 아침에 이야기했던 내용을 연상시켰다. 베이커 씨는 물이 빠진 검정색 프록코트의 단추를 채우고 옷깃을 세우고 있었다. 프록코트 소매 밖으로 보이는 야윈 팔을 보니 안에 셔츠를 입은 것 같지는 않았다. 그는 느리지만 똑똑 끊어지는 말투로 단어를 골라가며 이야기했는데, 지적으로 보이기는 했지만 몰락한 사람의 분위기를 느낄 수 있었다.

"저희가 며칠 동안 보관하고 있었습니다."

홈즈가 먼저 말을 꺼냈다.

"당연히 물건을 분실하신 분이 광고를 낼 거라고 생각했거든요. 그런데 아무리 기다려도 광고가 나지 않아서요."

"사실 수중에 돈이 넉넉하지 않아서요. 그때 시비를 걸었던 불량배들이 모자와 거위를 가지고 달아났을 거라고 생각해서 광고를 내지 않았습니다. 어차피 못 찾을 것이라고 생각했거든요."

"오, 그랬군요. 그런데 사실 거위는 저희가 먹어버렸답니다."

"이미 드셨다고요?"

베이커 씨는 깜짝 놀란 듯 몸을 반쯤 일으키며 말했다.

"네, 아마 먹지 않았다면 상해버렸을 테니까요. 대신 다른 거위를 사왔습니다. 저 선반 위에 있는 거위 정도면 보상이 될 수 있지 않을까요?"

"다행이군요. 저 정도면 충분합니다."

베이커 씨는 안심했다는 듯이 한숨을 쉬며 대답했다.

"물론 거위의 깃털, 다리, 모이주머니 등은 남아 있습니다. 혹시 그거라도 필요하시다면……."

홈즈의 말을 듣고 베이커 씨는 큰 소리로 웃으면서 말했다.

"하하! 제가 겪은 일의 기념은 될 수 있겠지만 별 필요는 없을 것 같네요. 저는 저 거위 정도면 충분합니다."

홈즈는 어깨를 으쓱 하며 나를 쳐다보았다.

"알겠습니다. 그럼 이 모자와 거위를 가져가도록 하세요. 그런데 베이커 씨, 저희가 먹은 그 거위는 어디서 구하셨나요? 사실 제가 거위고기를 매우 좋아하는데, 그렇게 큰놈은 처음 보았거든요."

"네, 가르쳐 드리죠."

베이커 씨는 벌떡 일어나더니 홈즈에게서 새로 얻은 거위를 옆구리에 끼며 말했다.

"박물관 근처의 알파 술집에 단골손님들이 있습니다. 낮에는 박물관 안에 들어가 있곤 하죠. 올해 술집 주인인 윈디게이트 씨가 거위 클럽을 만들었는데, 매주 몇 펜스씩 돈을 내서 크리스마스 때 거위 한 마리를 사기로 한 겁니다. 저는 돈을 제때 잘 냈지만 결국 좋게 끝나지는 못했죠. 홈즈 선생도 아시는 것처럼 곤경을 겪었으니까요. 하지만 다행이죠. 정말 감사합니다. 사실 지금 쓰고 있는 챙 없는 모자는 저에게 맞지도 않고 품위도 없어서 몹시 불편했답니다."

베이커 씨는 점잖지만 조금 과장된 태도로 인사를 한 뒤 돌아갔다.

"헨리 베이커 씨는 이것으로 해결된 것 같군."

홈즈는 그가 나간 뒤 방문을 닫으면서 말했다.

"그는 이번 사건에 대해 아는 게 전혀 없군. 왓슨, 자네 시장한가?"

"그다지 배가 고프진 않아."

"그럼 저녁 식사는 이따 하기로 하고 단서를 추적해 보자고. 일처리를 바로 해버리면 더 편안한 마음으로 식사할 수 있을 테니까."

"그것도 괜찮겠군."

그날 밤은 몹시 추웠다. 우리는 두꺼운 외투를 걸치고 목도리로 얼굴을 칭칭 감았다. 밤하늘은 구름 한 점 없이 맑았고 별들은 차갑게 반짝이고 있었다. 마치 권총을 쏜 것처럼 사람들에게서 입김이 피어오르고 있었다. 우리는 한참을 걸어 옥스퍼드 가에 도착했다. 조용한 거리에 우리 둘의 발자국 소리가 울렸고, 15분 만에 블룸스베리의 알파에 도착했다. 알파는 홀본 가와 인접한 거리 모퉁이에 있는 작은 선술집이었다. 홈즈는 문을 열고 들어가 혈기 왕성해 보이는 주인에게 맥주 두 잔을 주문했다.

"이 집에서 받았던 거위처럼 여기 맥주도 맛있을 것 같군요."

홈즈가 가볍게 말을 건넸다.

"우리 집 거위요?"

주인은 깜짝 놀란 듯이 되물었다.

"네, 바로 30분 전에 이 술집의 거위 클럽 회원인 헨리 베이커 씨와 이야기를 나누었거든요."

"아, 그렇군요. 그런데 그 거위는 저희 집 것이 아니에요."

"정말인가요? 그럼 누구네 거위죠?"

"코벤트 가든의 어떤 거위 상인에게서 24마리를 샀답니다."

"그래요? 그쪽이라면 나도 좀 알고 있긴 한데……. 혹시 그 상인의 이름을 아시나요?"

"물론이죠, 브렉킨리지라는 사람입니다."

"이런, 저는 처음 들어보는 이름이군요. 그럼 건강하시고 사업도 번창하시길."

"왓슨, 이제 브렉킨리지에게 가야겠군. 우리는 겨우 거위 하나를 추적하고 있지만, 이 사건을 제대로 밝히지 못하면 징역 7년을 선고받을 젊은이가 사건의 뒤에 있다네. 어쩌면 그가 유죄일 수도 있지만, 우리는 경찰이 하지 않은 조사를 하고 있으니 그것만으로도 충분해. 일단 단서를 추적해야 하니 남쪽을 향해 가세나."

매서운 바람이 부는 바깥으로 나오자 홈즈는 외투 단추를 끝까지 채우며 말했다. 우리는 홀본 가를 지나 엔

델 가를 내려왔다. 다시 갈지자로 걸어 빈민굴을 지났고, 드디어 코벤트 가든 시장에 도착했다. 주위를 살펴보니 브렉킨리지라는 간판이 바로 보였고, 구레나룻을 단정하게 기른 주인 남자가 있었다. 그는 심술궂어 보이는 밉상으로, 아이 한 명을 데리고 가게 문을 닫고 있었다.

"안녕하세요! 날씨가 정말 춥군요."

홈즈가 주인에게 먼저 말을 건넸다.

"네, 그렇군요."

주인은 고개를 끄덕이면서 홈즈를 바라보며 대답했다.

"거위는 다 팔렸나요?"

홈즈는 텅 비어 있는 진열대를 보면서 말했다.

"네, 보시다시피. 내일 아침에 5백 마리를 가져다 놓을 예정입니다."

"그건 곤란한데요. 지금 당장 필요해서요."

"저기 가스등을 켜놓은 가게에 가보시오. 거긴 좀 남아 있을 거요."

"하지만 이쪽 거위가 더 좋다고 하던데요."

"누가 그런 말을 하던가요?"

"알파 주인이요. 이 집 거위가 좋다고 말입니다."

"아! 그랬군요. 최근에 그 사람한테 24마리를 판 적이 있죠."

"사실 그중에 한 마리를 내가 먹었는데 정말 맛있었소. 그런데 그 거위는 어디서 났소?"

뜻밖에도 주인은 홈즈에게 갑자기 크게 화를 냈다.

"이보시오! 당신이 원하는 게 뭐요? 왜 귀찮게 구는 거요!"

"왜 화를 내는 겁니까? 난 당신이 알파 주인에게 판 거위를 누구한테 받은 건지 알고 싶은 것뿐이오."

"말할 수 없다는 거군. 그렇다면 나도 한 마디도 하지 않겠소. 돌아가시오!"

"저런, 별것도 아닌 것을 갖고 까다롭게 구는 이유가 뭐요?"

"별 게 아니라니! 나처럼 며칠 동안 계속 시달림을 받는다면 그런 말을 할 수 없을 거요. 나는 제대로 값을 지불하고 거위를 샀고, 그걸 제대로 팔았소. 그런데 이제 와서 거위들이 어디에 있는지, 누구한테 팔았는지, 어떻게 해야 다시 살 수 있는지를 물어보면 어쩌라는 거요! 그놈의 거위 때문에 대체 하루에 몇 번을 찾아오는 건지. 나도 내 할 일이 있소!"

"이보시오. 난 그런 사람들과는 아무런 상관도 없소."

홈즈는 아무렇지 않은 듯이 말했다.

"당신이 말하지 않으면 내기는 끝이니까. 하지만 거위에 관해서라면 나를 따라올 자가 없소. 그 거위는 시골에서 키웠다는 것에 내가 5파운드를 걸겠소."

"안됐지만 당신은 5파운드를 잃었소. 그 거위는 런던에서 길렀으니까."

"그럴 리가 없소. 토종거위가 분명하오."

"아니라는데 나를 못 믿는 거요?"

"솔직히 못 믿겠소. 난 내 판단을 믿으니까."

"이보시오. 난 거위 장사로 뼈가 굵은 사람이오. 설마 나보다 당신이 거위를 더 잘 안다고 생각하는 건 아니겠지? 알파 주인에게 판 거위는 전부 런던에서 키운 거란 말이오."

"그럴 리가 없소. 난 당신 말을 절대로 못 믿겠소."

"좋소. 그럼 내기하겠소?"

"저런, 당신은 돈만 잃게 될 텐데. 괜찮다면 난 금화 한 개를 걸겠소. 내가 맞다는 것을 당신에게 알려주기 위해서 그러는 거니 너무 속상해 하지 마시오."

"좋소. 빌, 저기 장부를 이쪽으로 가져와라."

주인은 비웃는 듯한 얼굴로 웃으면서 말했다. 빌이라고 불린 소년이 기름때가 묻은 장부와 노트 한 권을 가스등 아래로 가져왔다.

"불쌍한 양반, 자 여기 보시오."

상인이 자신만만하게 말하면서 노트를 펼쳤다.

"더 이상 팔 거위도 없었는데 공짜로 거위 한 마리 값을 벌었군. 여기를 보시오."

"흠, 어디를 보면 되는 거요?"

"이쪽은 내가 거래하는 사람들 명단이오. 여기는 시골 사람들 명단이고, 이름 뒤에 적힌 숫자는 거래 날짜요. 그리고 여기 빨간 잉크로 적힌 부분이 도시 사육업자 명단이오. 거기 세 번째 줄에 뭐라고 적혀 있는지 크게 읽어보시오."

"오크숏 부인, 브릭스턴 거리 117번지, 249쪽!"

홈즈는 주인이 시키는 대로 큰 소리로 읽었다.

"그럼 장부에서 249쪽을 찾아보시오."

"오, 여기 있군. 오크숏 부인, 브릭스턴 거리 117번지, 달걀, 닭, 거위 공급자라고 써 있군요."

"거기 맨 마지막 줄도 큰 소리로 읽어보시오."

"12월 22일, 거위 24마리, 7실링 8페니."

"그 밑에도 마저 읽어보시오."

"알파의 윈디게이트 씨에게 판매, 12실링."

"자, 이제 내 말을 믿겠소? 잘난 척하는 양반!"

홈즈는 분한 표정을 지으며 주머니에서 금화 한 개를 꺼냈다. 금화를 장부 위에 쾅 하고 내려놓고는 매우 화가 난 사람처럼 휙 돌아서 가게를 나왔다. 그리고 몇 미터 지나 가로등 아래서 걸음을 멈추고는 소리 없이 웃었는데 기분이 매우 좋아보였다.

"구레나룻을 기르고 '동부 축구 소식'을 주머니에 갖고 다니는 남자에게는 항상 내기가 통하지. 아마 1백 파운드를 준다고 했어도 이렇게 자세하게 내용을 알려주지 않았을 걸세. 왓슨, 이제 조사는 거의 다 끝난 것 같군. 지금 결정해야 할 것은 오크숏 부인을 언제 찾아갈 것인가란 말일세. 거위 가게 주인이 이야기하는 걸 봐서는 거위에 대해 알아보고 있는 사람이 우리 외에도 더 있으니까 서두르는 게 좋겠군."

갑자기 거위 가게에서 커다란 고함소리가 들려서 홈즈는 그쪽을 바라보았다. 가게 쪽을 보니 날카롭게 생긴 남자가 노란 등불 아래에 서 있었다. 주인은 문 앞에 서서 머뭇거리고 있는 남자를 향해 주먹을 함부로 휘둘러대고 있었다.

"당신이나 그 거위나 이제 모두 지긋지긋해! 자꾸 나한테 와서 쓸데없는 소리를 하면 개를 풀어놓을 거야! 거위에 대해서 알고 싶으면 오크숏 부인한테 물어보지 왜 나한테 와서 이 난리냐! 내가 거위를 산 건 당신이 아니라 오크숏 부인한테라고!"

주인은 계속 소리를 지르고 남자를 노려보며 말했다.

"저도 알고 있습니다. 하지만 오크숏 부인이 판 거위 중 하나는 분명히 제 것입니다."

남자는 울먹이는 듯한 목소리로 대답했다.

"그래서 어쩌라고! 그렇다면 오크숏 부인한테 물어봐야지!"

"당연히 물어봤습니다. 부인은 당신한테 물어보라고 해서 다시 온 겁니다."

"나도 모른다고! 더 이상 말할 것도 없으니 당장 꺼져! 당신 같은 사람은 더 이상 상대하기도 싫다고!"

주인은 무서운 표정으로 달려나왔고, 남자는 재빨리 보이지 않는 곳으로 달아나 버렸다.

"오, 굳이 브릭스턴 거리까지 갈 필요가 없겠군."

홈즈가 나에게 작은 목소리로 속삭였다.

"자, 저 남자를 따라가 보자고. 어떤 놈인지 흥미가 생기는군."

홈즈와 나는 가게 주변에서 서성이고 있는 사람들 사이를 지나 그 남자를 따라갔다. 남자의 뒤에 서자 홈즈는 그의 어깨를 가볍게 쳤다. 남자는 경련이라도 일으킬 듯이 깜짝 놀랐고, 뒤를 돌아본 그의 얼굴은 백지장처럼 하얗게 질려 있었다.

"뭐요! 당신은 누군데 날 치는 거요!"

화를 내는 듯했지만 남자의 목소리는 몹시 떨렸다.

"미안하오. 아까 당신이 거위 가게 주인한테 하는 말을 들었소. 내가 도움이 될 것 같아서 따라왔소."

홈즈는 아주 부드러운 목소리로 남자에게 말했다.

"뭐라고요? 당신이 누군데 날 도와줄 수 있다는 거죠?"

"나는 셜록 홈즈라고 하는 사람이오. 다른 사람들이 알 수 없는 일을 알아내는 게 내 직업이기도 하고."

"그래서 어쩌라고요? 내 일에 대해서는 관심 끄시오!"

"안타깝게도 난 모든 걸 알고 있소. 당신은 지금 브릭스턴 거리의 오크숏 부인이 거위 상인에게 판 거위의 행방을 알아보고 있는 중이잖소. 그 거위는 알파의 사장에게 팔렸고, 그가 운영하는 거위 클럽 회원인 헨리 베이커에게 다시 팔렸소."

"오! 제가 그렇게 찾던 분을 드디어 만났군요! 감사합니다."

남자는 갑자기 태도를 바꾸더니 떨리는 두 팔을 홈즈에게 내밀었다.

"이 일에 대해 관심을 갖게 된 과정에 대해 설명해야 할 것 같은데. 일단 이렇게 추운 바깥보다는 따뜻한 방에서 이야기하는 게 어떻겠소? 우연이지만 내가 도울 수 있게 된 분의 이름이 무엇인지 알고 싶소만……."

남자는 잠시 주저하며 망설였다.

"제 이름은 존 로빈슨입니다."

"저런, 도와주는 사람에게 가명을 대면 곤란한데."

홈즈는 상냥한 목소리로 그에게 말했다.

"제 본명은…… 제 이름은 제임스 라이더입니다."

남자는 붉게 물든 얼굴로 대답했다.

"오! 당신은 코스모폴리탄 지배인이군요. 어서 마차에 탑시다. 당신이 알고 싶어 하는 걸 모두 알려주지."

홈즈는 지나가는 사륜마차를 불러 세웠다. 라이더는 두려움과 기대가 반반씩 섞인 묘한 눈빛으로 홈즈와 나를 바라보며, 자신에게 닥친 것이 재앙인지 행운인지를 가늠하는 듯했다. 잠시 망설이던 그는 우리와 함께 마차에 탔고, 약 30분 뒤에 베이커 가로 돌아왔다. 라이더는 마차 안에서 한 마디도 하지 않았지만 다소 거친 숨소리와 두 손을 꼭 부여잡은 모습으로 보아, 그가 몹시 긴장하고 불안해 한다는 것을 알 수 있었다.

"라이더 씨, 이쪽으로 들어오시오."

홈즈는 방 안으로 들어가면서 밝은 목소리로 말했다.

"역시 추운 겨울에는 난로가 제격이오. 라이더 씨, 당신은 몹시 추워 보이는군. 여기 버들가지 의자에 앉으시오. 나는 먼저 실내화로 갈아신어야겠소. 자, 그럼 본론으로 들어가 볼까요? 당신은 거위들이 어떻게 됐는지 알고 싶은 거겠죠?"

"네, 그렇습니다. 어서 말씀해 주세요."

"흠, 거위들이 아니라 거위라고 해야겠군. 내 생각엔 당신이 관심 있는 건 꼬리에 검은 줄이 있는 흰 거위 같은데. 맞소?"

"오, 홈즈 선생, 선생님! 그 거위가 어디로 갔는지 제발 가르쳐주십시오!"

라이더는 온 몸을 떨면서 홈즈에게 애원했다.

"그 거위는 여기로 왔소."

"네? 여기로 왔다고요?"

"그렇소. 그런데 아주 특별한 거위였소. 거위가 죽고 난 다음 아주 귀한 알을 낳았으니까. 그렇게 아름다운 파란색 알은 처음 봤소. 내가 아주 소중히 모셔두었지."

라이더는 비틀거리면서 일어나려고 했지만 똑바로 서지 못했고, 오른손으로 벽난로 선반을 붙잡으면서 겨우 몸을 일으킬 수 있었다. 홈즈는 금고를 열어 별처럼 반짝이는 영롱한 블루 카벙클을 꺼냈다. 보석은 차갑게 빛나는 광채를 내뿜고 있었다. 라이더는 보석을 보고 어떻게 해야 할지 모르겠다는 표정이었다.

"라이더, 모든 게 다 끝났다."

홈즈는 조용한 목소리로 그에게 말했다.

"저런, 쓰러지면 안 되지. 왓슨, 저 친구를 좀 의자에 앉혀주게나. 이제 보니 범죄를 저지를 배짱도 없군. 브랜디를 한 잔 주게나. 오, 이제 좀 정신을 차린 것 같군. 이렇게 정신력이 약해서야 어디 원."

라이더는 비틀거리면서 주저앉을 뻔했지만, 브랜디 한 모금을 마시자 얼굴에 다시 혈색이 돌았다. 그는 겁을 잔뜩 먹은 채 의자에 앉아 홈즈를 곁눈질로 바라보고 있었다.

"라이더, 나는 당신이 한 일을 모두 알고 있어. 필요한 증거도 전부 확보해 두었고. 하지만 사건을 깔끔하게 마무리하기 위해서 몇 가지는 확인하고 싶어. 당신은 모르카 부인이 그 보석을 가지고 있다는 사실을 미리 알고 있었겠지?"

"네. 저한테 보석에 대한 이야기를 해준 건 캐서린 쿠삭이었습니다. 백작 부인의 하녀죠."

"아, 그렇군. 일확천금이라는 유혹을 뿌리치지는 못했을 거야. 당신보다 훨씬 똑똑한 사람들도 그런 유혹에는 약하니까. 하지만 당신이 쓴 방법은 최악이었어. 배관공 호너가 절도 전과가 있다는 것을 알고 그걸 이용하면 되겠다고 생각했겠지. 시선이 그쪽으로 쏠리면 당신은 무사히 넘어갈 수 있다고 믿었을 것이고. 아마 백작 부인의 방에 일부러 일거리를 만들었겠지. 그리고 호너를 불렀을 테고. 호너가 일을 끝내고 돌아간 뒤, 당신은 하녀와 함께 보석을 훔쳐내고 난리를 피우면서 경찰을 불렀겠지. 그리고 지독히 운이 나쁜 호너는 잡혀갔고, 그리고 당신은……."

"잘못했습니다. 한 번만 용서해 주세요. 저는 명예를 소중히 여기는 부모님도 계십니다. 이 사건이 알려지면 그분들이 어떻게 될지 생각해 주세요. 앞으로 다시는 나쁜 짓을 하지 않겠습니다. 하느님께 맹세하겠습니다. 경찰에 신고하지 말아주세요. 부탁입니다."

라이더는 갑자기 홈즈의 무릎에 매달리며 울부짖기 시작했다.

"가엾은 젊은이로군. 일단 의자에 앉게. 잘못을 비는 건 나쁘지 않지만 당신 때문에 아무런 잘못도 없는 호너는 어떻게 되는 거지? 그가 어떻게 되든 상관없나?"

"홈즈 선생님, 제가 이 나라를 떠나겠습니다. 그러면 호너는 혐의를 벗게 될 거예요."

"그에 대해서는 다시 이야기하도록 하고, 사건에 대한 이야기를 좀 해보자고. 그런데 백작 부인의 보석이 어떻게 해서 거위 뱃속에 들어가게 됐지? 그리고 거위는 왜 시장에 나오게 되었는지도 궁금해. 솔직하게 말하면 정상을 참작해 주지."

"모두 사실대로 말씀드리겠습니다. 호너가 체포되자 저는 보석을 가지고 도망쳤습니다. 경찰이 언제 제 방을 뒤질지 모르니까요. 호텔에는 보석을 숨길 만한 곳도 전혀 없었습니다. 그래서 저는 누나 집으로 갔어요. 오크숏 부인은 바로 저의 누나로, 브릭스턴 거리에서 거위를 길러 팔고 있죠. 가는 동안 내내 마주치는 사람들이 모두 경찰이나 탐정으로 보이더군요. 그날도 매우 추웠는데 저는 땀을 뻘뻘 흘리면서 누나 집에 도착했습니다. 누나는 저를 보고 무슨 일이냐면서 깜짝 놀랐습니다. 저는 호텔에 도난 사건이 있어서 잠시 들렀다고 말했죠. 그리고 뒷마당에서 담배를 피우며 보석을 어떻게 처리할 것인지 한참을 고민했습니다.

그때 모즐리라는 친구가 떠올랐어요. 사실 그는 절도 때문에 교도소에 다녀오기도 했지요. 얼마 전에 그 친구를 만났는데 장물을 처리하는 방법에 대해서 이야기해 주기도 했거든요. 그래서 그 친구가 있는 킬번으로 가서 비밀을 털어놓고 도움을 청하기로 했습니다. 분명 이 일을 도와줄 테니까요. 하지만 보석을 안전하게 운반할 방법이 없었습니다. 호텔에서 누나 집까지 가는 데도 너무 힘들었어요. 조끼 주머니에 보석이 있으니 몸수색 한 번이면 끝장이었습니다. 그때 저는 벽에 기대서 뒤뚱거리며 걷고 있는 거위를 보았습니다. 그순간 누구도 알아낼 수 없는 기발한 아이디어가 떠오른 거죠.

누나는 몇 주 전에 크리스마스 선물로 저에게 거위 한 마리를 주겠다고 했습니다. 누나는 한 번 한 약속은 지키는 사람이니까 거위를 잡아 몸속에 보석을 넣고 그 거위를 킬번으로 가져가면 되겠다고 생각했죠. 꼬리에 줄무늬가 있는 희고 잘생긴 거위 녀석을 붙잡고 강제로 부리를 크게 벌렸습니다. 그리고 보석을 목구멍 깊숙이 밀어 넣었습니다. 거위가 보석을 삼키고 식도를 지나 모이주머니 속으로 내려가는 것이 보이는 듯했습니다. 거위는 날개를 푸드덕거리면서 난리를 치더군요. 누나가 무슨 일이냐면서 뒷마당으로 나왔고요. 제가 누나에게 상황을 설명하려던 찰나, 거위는 무리 속으로 달아나버리고 말았습니다.

'제임스, 지금 거위한테 뭘 한 거니?'

'아, 누나가 크리스마스 선물로 거위를 준다고 했잖아. 그래서 어떤 놈을 가져갈까 고르고 있었어.'

'니에게 줄 것은 이미 골라놨는데. 우리는 그걸 제임스라고 불러. 저쪽에 하얗고 큰 거위 보이지? 바로 저게 네 꺼야. 지금 거위 26마리가 있는데, 하나는 우리 꺼, 하나는 네 꺼, 나머지 24마리는 시장에 내다 팔 거야.'

'고마워, 누나. 그런데 난 지금 도망간 그 거위를 갖고 싶은데.'

'너한테 주려는 거위는 다른 것보다 1kg이나 더 나가

는데? 일부러 특별히 살찌게 한 거라고.'

'아까 그 거위가 마음에 들어서 그래. 지금 가져가도 될까?'

'마음대로 해. 난 상관없으니. 근데 어떤 거위를 말하는 거지?'

누나는 약간 화가 난 목소리로 말했습니다.

'가운데에서 오른쪽에 있는, 꼬리에 까만 줄이 있는 흰 거위를 가져가고 싶어.'

'그럼 알아서 잡아가.'

저는 누나 말대로 그 거위를 가지고 킬번으로 갔습니다. 친구에게도 모든 사정을 이야기했고요. 친구는 배가 아프도록 웃었고, 우리는 함께 거위의 배를 갈랐습니다. 그런데 아무리 찾아도 보석은 없었습니다. 제가 거위를 잘못 가져왔다는 것을 알고 저는 숨이 멎을 뻔했죠. 그 거위는 친구 집에 버려두고 다시 누나 집으로 달려와 뒷마당으로 뛰어 들어갔습니다. 하지만 마당에 거위는 한 마리도 없더군요.

'누나! 거위들이 전부 어디 갔어?'

'방금 도매상으로 넘겼는데?'

'도매상이라니? 어디?'

'코벤트 가든의 브렉킨리지라는 사람에게 넘겼어. 항상 거래하는 사람이지.'

'그럼 하나만 물어볼게. 혹시 꼬리에 줄무늬 있는 거위가 두 마리였어? 내가 가져간 것 말고 또 있었어?'

'아, 맞아. 꼬리에 줄무늬 있는 거위는 두 마리야. 나도 전혀 구별 못할 만큼 똑같이 생겼지.'

저는 그 말을 듣고서야 어떻게 된 일인지 알게 되었습니다. 그래서 브렉킨리지에게 바로 달려갔지만 거위는 이미 팔린 후였습니다. 제가 아무리 물어봐도 거위를 누구에게 팔았는지 말해 주지 않더군요. 아까 저한테 하는 말 들으셨죠? 그 사람은 항상 그런 식으로 말했어요. 누나는 제가 정신이 나갔다고 생각하고, 저도 제가 미친 게 아닌가 하는 생각이 듭니다. 지금 제 모습이 어떤지……. 양심을 팔아서 얻은 보석도 잃어버리고 이렇게 엄청난 절도범이 되어버리다니…… 오, 하느님!"

라이더는 두 손으로 얼굴을 가리더니 흐느끼면서 울고 있었다. 어느 정도 시간이 흐르자 라이더의 울음소리는 거친 숨결로 변했고, 홈즈는 손끝으로 탁자를 톡톡 두드리고만 있었다. 그러더니 홈즈는 갑자기 방문을 활짝 열었다.

"당장 이곳을 나가게!"

"네? 저를 용서해 주시는 겁니까? 정말 감사합니다."

"더 이상 말하지 말고 어서 나가버리게!"

라이더는 쿵쾅거리면서 계단을 뛰어 내려갔고 현관문이 닫히는 소리가 들렸다. 빠른 걸음으로 거리를 내닫는 소리가 점점 멀어졌다.

"난 어차피 경찰이 아니니 교도소를 더 채울 필요는 없겠지. 라이더가 호너에게 위험한 사람이었다면 모를까, 이 사건은 어차피 기각될 것 같군. 중죄를 저지른 나쁜 놈을 풀어준 셈이지만, 영혼을 하나 구한 셈이기도 하지. 이렇게 겁먹은 것을 보면 다시는 나쁜 짓을 하지 않을 거야. 라이더를 감옥으로 보내면 평생 전과자라는 낙인으로 불행하게 살 테니 이게 나을지도 모르지. 지금은 용서의 계절이기도 하고. 우리는 아주 우연하게 독특한 사건을 만나 아주 우연하게 해결한 것 같아. 왓슨, 거기 초인종을 좀 눌러주게나. 이제 오늘 저녁 식단인 새고기를 조사해 보자고."

자전거 타는 사람
The Adventure of the Solitary Cyclist

1894년에서 1901년 사이에 홈즈는 매우 바쁜 나날을 보냈다. 8년이라는 그 기간 동안 신문에 실린 사건들 중에서 조금이라도 까다로운 사건이라면 그의 손을 거치지 않은 것은 거의 없었다고 할 수 있기 때문이다. 수백 건의 비공개 사건에서 그는 맹활약을 했는데 그중에는 복잡하고 기이한 사건들도 적지 않았다. 이렇게 장기간 동안 쉬지 않고 활동한 결과, 놀라운 성과를 숱하게 거두었지만 어쩔 수 없는 실패도 몇 번 맛보게 되었다. 나는 이 모든 사건에 대한 상세한 기록을 보유하고 있으며, 그중에는 직접 관여한 사건도 꽤 많았다. 그래서 독자들에게 내놓을 사건을 고르는 일이 그다지 쉽지만은 않다는 것은 모두 이해할 수 있을 것이다. 나는 전부터 고수해 온 나만의 원칙,

즉 범죄 사실의 잔인성보다는 독창적이고 극적인 사건 해결 과정이 흥미를 끄는 사건들을 위주로 고르려고 해 왔다. 이러한 이유로 나는 찰링턴의 자전거 타는 여성인 바이올렛 스미스 양 사건과 전혀 예상하지 못했던 비극으로 막을 내려야 했던 우리의 조사 과정에 대해 이야기할 것이다. 이 사건에서는 홈즈의 뛰어난 능력을 발휘할 수 있는 기회가 별로 없었던 것이 사실이다. 하지만 나의 변변찮은 이야기들에 소재를 제공해 주는 범죄의 오랜 역사에서, 다른 것들과는 구별되는 몇 가지 특색을 갖추고 있다.

1895년도 노트를 확인해 본 결과, 바이올렛 스미스 양이 우리에게 처음으로 편지를 보냈던 날은 4월 23일 토요일이었다. 내 기억에 의하면, 그때 홈즈는 담배 백만장자로 유명한 존 빈센트 하든을 협박하며 괴롭히던 사건을 맡고 있었다. 그 사건이 한없이 복잡하고 신경을 곤두서게 했기 때문에 홈즈는 당시 스미스 양의 방문을 별로 달가워하지 않았다. 그는 정확한 사고와 정신적 집중을 중시했기 때문에 현재의 사건에서 관심을 분산시키는 일은 무조건 싫어했던 것이다. 하지만 냉정한 반면 모질지 못한 성격의 소유자였던 그는, 저녁 늦게 베이커 가로 찾아와서 도와달라고 애원하는 늘씬하게 큰 키에 우아하고 아름다운 젊은 여성을 그냥 돌려보내는 것은 불가능했다. 홈즈는 상담하기 위해 굳게 마음먹고 온 젊은 숙녀에게 이미 일정이 꽉 차 있어서 시간을 낼 수 없다고 말했다. 하지만 완력을 동원하지 않고서는 그녀를 밖으로 몰아낼 수 없는 상황이었다. 홈즈는 체념한 얼굴로 피곤한 미소를 지으며 아름다운 침입자에게 의자에 앉기를 권하고 상담하고자 하는 내용을 말해 달라고 했다.

"보아하니 건강 문제는 아니겠군요."

홈즈는 스미스 양을 날카롭게 훑어보며 말했다.

"그렇게 열심히 자전거를 타는 건 힘이 넘치지 않고서는 할 수 없으니까요."

스미스 양은 매우 놀란 얼굴로 자신의 발을 얼른 내려다보았다. 신발 밑창의 옆쪽이 자전거 페달에 쓸려 약간 닳아 있었다.

"아, 제가 자전거를 많이 탄다는 사실을 어떻게 아신 거죠? 맞아요. 저는 자전거를 자주 탄답니다. 홈즈 선생님, 제가 이곳을 찾아온 건 사실 자전거와도 연관이 있어요."

홈즈는 장갑을 끼지 않은 숙녀의 손을 붙들고, 실험 대상을 관찰하는 과학자처럼 세심하고 냉정한 시선으로 살펴보았다.

"잠시 실례했습니다. 하지만 직업이 직업이니만큼 양해해 주시기 바랍니다."

홈즈는 숙녀의 손을 놓으면서 말했다.

"잠시 스미스 양을 타이피스트로 생각할 뻔했습니다. 음악을 하시는 분이 분명하군요. 왓슨, 이 주걱 모양의 손끝을 좀 보게나. 이건 타이피스트와 음악가의 공통된 특징이기도 하지. 하지만 스미스 양의 얼굴에선 어떤 정신적인 감성이 느껴지는군."

숙녀는 불빛을 향해 살짝 얼굴을 돌렸다.

"타이피스트에게는 그런 것이 없다네. 이 숙녀는 음악가야."

"네, 홈즈 선생님. 저는 음악을 가르치고 있답니다."

"그리고 얼굴빛을 보니 시골에 살고 계시는군요."

"네, 서리의 파넘 근교에 살고 있어요."

"오, 아름다운 곳에 살고 있군요. 저에겐 매우 흥미로운 추억으로 가득 찬 곳이기도 하지요. 왓슨, 자네도 우

리가 그 근처에서 사기꾼 아키스탬퍼드를 붙잡았던 일을 기억하고 있겠지? 자, 바이올렛 양. 서리의 파넘 근교에서 무슨 일이 있었던 거죠?"

젊은 숙녀는 침착한 목소리로 다음과 같은 이야기를 들려주었다.

"홈즈 선생님, 저의 아버지는 예전에 돌아가셨습니다. 아버지 제임스 스미스는 임페리얼 극장에서 오케스트라를 지휘하셨지요. 아버지가 돌아가신 후 엄마와 저는 경제적으로 매우 어려웠습니다. 도움을 청할 친척으로는 25년 전에 아프리카로 간 삼촌 랄프 스미스가 있었지만, 그동안 아무 소식이 없었고요.

그러던 어느 날 <타임스>에 엄마와 저를 찾는 광고가 실렸다는 얘기를 들었습니다. 우리 모녀는 삼촌이 유산이라도 남긴 것은 아닐까 무척 흥분했습니다. 그리고는 기대에 차서 신문광고를 낸 변호사에게 달려갔고, 그곳에서 남아프리카에서 귀국했다는 캐루더스 씨와 우들리 씨를 만나게 되었습니다.

두 신사는 삼촌의 친구라면서 삼촌이 매우 가난하게 살다가 몇 달 전에 요하네스버그에서 돌아가셨다고 말하더군요. 그러면서 삼촌이 임종하기 전에 두 분에게 자신의 친척을 찾아서 돌봐달라고 부탁했답니다. 살아 있을 때는 연락 한 번 하지 않았던 랄프 삼촌이 죽음을 앞두고 저희를 보살펴 달라는 부탁을 했다는 게 좀 이상하긴 했습니다. 하지만 캐루더스 씨는 삼촌이 얼마 전에 동생의 사망 소식을 듣고 우리에게 강한 책임감을 느꼈기 때문일 거라고 설명하더군요."

"말씀 중에 죄송하지만, 그분들을 만난 게 정확히 언제였습니까?"

홈즈가 물었다.

"지난 12월이었습니다. 약 네 달 전이네요."

"계속 말씀해 주세요."

"이렇게 말하면 실례가 되겠지만 우들리 씨는 정말 같이 있기 싫은 사람이었습니다. 그는 통통하게 살찐 얼굴에 붉은 콧수염을 길렀고, 기름을 잔뜩 바른 머리를 양쪽으로 갈라붙인 매우 천박해 보이는 청년이었습니다. 게다가 끊임없이 저한테 경박한 추파를 던졌어요. 저는 그 사람이 정말 마음에 들지 않았어요. 아마 시릴도 제가 그런 사람과 만나는 걸 원치 않을 거고요."

"오, 시릴이라는 분은 남자친구인가요?"

홈즈는 빙긋이 웃으면서 말했다.

숙녀도 약간 얼굴을 붉히며 미소 지었다.

"네, 홈즈 선생님. 시릴 모턴은 제 남자친구로 전기 기술자입니다. 저희는 여름이 지나면 결혼할 계획을 세우고 있어요. 어머, 그런데 제가 어쩌다 보니 그 사람 얘기까지 하게 됐네요. 제가 말씀드리고 싶은 건 우들리 씨는 정말 불쾌하다는 사실이에요.

하지만 그보다 훨씬 나이가 많은 캐루더스 씨는 괜찮은 분이었습니다. 캐루더스 씨는 안색이 나쁜 편이라 침울하게 보이곤 했지만 늘 깔끔하게 면도를 하고 다니셨죠. 말수는 적은 편이었지만 예의가 바르고 웃는 얼굴도 호감을 주었어요. 그분은 우리 모녀에게 생활 형편을 묻더니, 우리가 몹시 어려운 생활을 하고 있다는 것을 아셨어요. 그리고 저한테 10살짜리 외동딸의 음악 가정교사로 와달라고 부탁했습니다. 제가 엄마를 홀로 남겨두고 싶지 않다고 하자, 그러면 주말마다 집에 가도 좋다고 허락하고 1년에 백 파운드를 제안했습니다. 정말 어마어마한 금액이었어요.

그래서 저는 그분의 제안을 받아들이기로 하고 파넘에서 10킬로미터쯤 떨어진 곳에 있는 칠턴 그랜지로 가게 되었습니다. 캐루더스 씨는 아내가 없었지만 나이가

지긋한 딕슨 여사라는 훌륭한 가정부에게 집안 살림을 맡기고 있었지요. 아이는 귀여웠고 별 문제가 없어보였습니다. 캐루더스 씨는 매우 친절했고 음악을 좋아하는 분이어서 저녁마다 굉장히 유쾌한 시간을 보낼 수 있었습니다. 그리고 주말이면 런던의 집으로 돌아와서 엄마와 함께 지냈답니다.

행복한 생활에 처음으로 문제가 생기기 시작한 것은 우들리 씨가 오면서였습니다. 그 사람은 일주일 동안 그곳에 머물렀는데, 저에게는 그 시간이 마치 석 달처럼 길게 느껴졌습니다. 그 사람은 무서운 사람이었어요. 누구한테나 난폭하게 굴었지만 제 경우는 훨씬 더했습니다. 그렇게 싫은 남자가 저를 좋아하게 된 거지요.

우들리 씨는 자기 재산 자랑을 끊임없이 하면서 자기랑 결혼만 한다면 런던에서 제일 비싸고 훌륭한 다이아몬드를 갖게 해주겠다고 말했습니다. 하지만 저는 아예 상대도 하지 않았어요. 그러던 어느 날 저녁 식사 후에 저를 껴안고 자기한테 키스해 줄 때까지 놔주지 않겠다고 했습니다. 정말이지 힘도 끔찍하게 세더군요. 그때 캐루더스 씨가 들어와서 그를 떼어냈어요. 그러자 그는 캐루더스 씨에게 덤벼들었고 그분을 바닥에 쓰러뜨렸어요. 그 와중에 우들리 씨가 캐루더스 씨의 얼굴에 상처를 내기도 했습니다. 그 싸움으로 우들리 씨의 방문은 끝나게 되었습니다. 캐루더스 씨는 다음 날 저에게 미안해하면서 다시는 그런 모욕을 당하지 않게 될 거라고 위로해 주었지요. 그 후에는 우들리 씨를 만난 적이 없습니다.

홈즈 선생님, 이제 이곳을 찾아오게 된 직접적인 계기가 되었던 사건에 대해 이야기할게요. 저는 매주 토요일 런던 행 12시 22분 기차를 타기 위해 자전거를 타고 파넘 역으로 간답니다. 칠턴 그랜지에서 역까지 가는 길은 인적이 꽤 드문 편입니다. 특히 찰링턴 홀 저택 앞을 지나는 1.5킬로미터 이상의 길에서는 사람이라고는 한 명도 볼 수 없어요. 도로 한쪽은 찰링턴 황야이고 다른 한쪽은 찰링턴 홀 주택을 둘러싸고 있는 숲이니까요. 아마 그보다 더 인적이 드문 길이 또 있을까 싶을 정도랍니다. 그곳에서 크룩스베리힐 근처에 있는 큰길로 나갈 때까지는 짐마차 한 대, 아니 농부 한 사람도 마주친 적이 없습니다.

그런데 약 2주일 전, 저는 그 길을 지나다가 우연히 뒤를 돌아보았어요. 그런데 200미터쯤 뒤에서 한 남자가 자전거를 타고 달려오는 게 보였습니다. 그 남자는 짧지만 검은 턱수염을 기르고 있었는데, 젊지도 늙지도 않아 보였어요. 저는 파넘에 도착하기 전에 다시 뒤를 돌아보았지만, 그 남자는 보이지 않았습니다. 그래서 더 이상 신경 쓰지 않았고요. 그런데 월요일에 그 집으로 돌아가는 길에, 바로 그 길에서 똑같은 사람이 다시 나타났어요. 제가 얼마나 놀랐는지 아시겠지요? 그런데 더더욱 놀라운 건 그 다음 토요일과 월요일에, 똑같은 일이 되풀이되었다는 거예요. 그 남자는 일정한 거리를 두고 따라왔고, 비록 저한테 어떤 나쁜 행동을 하지는 않았지만 정말 이상했습니다. 저는 캐루더스 씨한테 그 얘기를 했습니다. 그분은 제 말을 걱정스러운 듯 듣더니 앞으로는 말과 마차를 예약해 놓을 테니 인적이 드문 길을 혼자 다니지 말라고 말씀해 주셨어요.

예약한 말과 마차는 이번 주에 오기로 되어 있었지만, 그쪽에 사정이 생겨서 오지 못했답니다. 저는 다시 역까지 자전거를 타고 가야 했는데, 그게 바로 오늘 아침이었어요. 물론 저는 찰링턴 황야를 지날 때 뒤를 돌아보았는데, 그 남자는 지난 2주 동안 그랬던 것처럼 여전히 제 뒤를 따라오고 있었습니다. 그 남자는 항상 뒤에서 멀리 떨어져 있었기 때문에 얼굴은 똑똑히 보이지 않았습니다. 하지만 분명히 제가 아는 사람은 절대 아니었어요. 그는 검은 정장에 챙 모자를 쓰고 있었어요. 얼굴에서 분명하게 보이는 건 검은 턱수염뿐이었습니다. 그런데 오늘은 두려움보다는 갑자기 궁금증이 솟았습니다. 그 사람이 대체 어떤 사람이고 저한테 원하는 게 뭔지 알아봐야겠다는 생각이 들었지요. 제가 자전거 속도를 늦추자 그 남자도 속도를 늦추더군요. 제가 아예 자전거를 세우자, 그 남자도 자전거를 세웠습니다. 그래서 저는 모험을 하기로 했어요. 그 길은 끝에서 급하게 꺾어지는데 거기까지 아주 열심히 달려갔다가 모퉁이를 돌자마자 자전거를 세우고 그 남자를 기다렸어요. 그 남자가 미처 자전거를 세우지 못하고 제 앞을 지나갈 거라고 생각했으니까요. 하지만 그는 나타나지 않았습니다. 그래서 길모퉁이를 돌아가 보았습니다. 모퉁이를 돌면 도로가 1.5킬로미터 가량 보이는데 그는 없었어요. 그곳에는 샛길 등 다른 길은 아예 없었기 때문에 더 이상하게 느껴졌지요."

홈즈는 혼자서 웃으며 두 손을 마주 비벼댔다.

"오, 상당히 독특한 사건이군요. 스미스 양이 모퉁이

를 돌아서 길에 아무도 없다는 사실을 알게 될 때까지 걸린 시간은 얼마나 돼죠?"

"약 2~3분 정도요."

"그런데 그 남자가 그 길을 되돌아갈 시간도, 샛길도 없었다고 하셨지요?"

"네."

"그럼 어딘가 보행자용 길로 걸어갔겠군요."

"황야 쪽일 리는 없어요. 그렇다면 제가 분명히 봤을 테니까요."

"그렇다면 그는 그 길 옆쪽에 있다는 찰링턴 홀 저택 쪽으로 갔겠군요. 더 하실 말씀은 없나요?"

"없습니다, 선생님. 오직 한 가지 드리고 싶은 말씀은 선생님을 다시 뵙고 조언을 듣기 전까지는 마음이 편치 않을 것 같다는 거예요."

홈즈는 묵묵히 앉아 있다가 잠시 후에 물었다.

"약혼한 신사분은 어디에 있습니까?"

"코번트리의 미들랜드 전기회사에서 일합니다."

"그분이 불시에 찾아오는 일은 없나요?"

"어머, 홈즈 선생님! 미행하는 사람이 그 사람이라면 제가 모를 리가 없는걸요."

"그럼 다른 구혼자들은 없습니까?"

"시릴을 알기 전에 만났던 몇 명이 있었습니다."

"그리고 그 후에는 누가 있습니까?"

"무서운 우들리가 있었지요. 그 사람을 구혼자라고 부를 수는 없을 것 같지만요."

"그 밖에는 없나요?"

우리의 아름다운 의뢰인은 다소 주저했다.

"또 누가 있나요?"

홈즈가 다그쳐 물었다.

"저의 착각인지도 모르겠지만 저를 고용하신 캐루더스 씨께서 저한테 관심이 있는 게 아닐까 하는 생각이 들 때가 있습니다. 사실 제가 가정교사를 하면서 우린 좀 친해지기도 했어요. 저녁마다 제가 피아노 반주를 해드리곤 하거든요. 하지만 그분은 그런 얘기를 한 번도 한 적이 없습니다. 어느 모로 보나 손색이 없는 신사지요. 하지만 여자의 직감이라는 게 있으니까요."

"오!"

홈즈는 심각한 얼굴을 했다.

"캐루더스 씨의 직업은 무엇인가요?"

"그분은 부자예요."

"글쎄, 마차도 말도 없는데 부자라고 할 수 있나요?"
"하지만 아주 잘살긴 해요. 일주일에 두세 번씩 시내로 나간답니다. 남아프리카 금광 주식에도 굉장히 관심이 많아요."
"스미스 양, 뭐든지 새로운 일이 생기면 꼭 알려줘요. 제가 지금 당장은 좀 바쁘지만 앞으로 짬을 내서 의뢰하신 문제에 대해 조사해 보도록 하지요. 그동안에는 저한테 알리지 않고 섣불리 행동하지 않도록 주의하시고 안녕히 가십시오. 앞으로 좋은 일이 있을 것 같군요."

홈즈는 명상용으로 사용하는 파이프를 끌어당기며 말했다.

"남자들이 저 여성을 따라다니는 건 자연의 이치야. 하지만 인적이 드문 시골길에서 자전거를 타고 따라온다는 건 문제가 좀 다르지. 짝사랑하는 남자임이 분명해. 왓슨, 이 사건에는 상당히 묘한 구석이 있는 게 느껴지는가?"

"남자가 항상 같은 곳에서만 나타나는 게 이상한 것 같아."

"바로 그거라네. 우리가 가장 먼저 해야 할 일은 찰링턴 홀에 사는 사람이 누군지 알아내는 것이지. 그 다음에는 캐루더스와 우들리의 관계를 캐내야 할 것 같아. 두 사람은 전혀 다른 종류의 사람들 같아 보이는데, 그렇게 열심히 랄프 스미스의 친척 소재를 수소문한 이유가 무엇일까? 그리고 또 있네. 가정교사의 월급으로 평균 급여의 두 배를 사용하면서도 말 한 필 없다니 대체 어떻게 된 집일까? 그것도 역에서 10킬로미터나 떨어진 곳에 살면서 말이야. 묘해, 아주 묘해!"

"자네가 내려갈 건가?"

"아니, 자네가 내려가 주게. 이 사건은 대단찮은 음모인 것 같네. 그리고 이것 때문에 다른 중요한 일을 포기할 수가 없지. 월요일에 일찌감치 파넘에 내려가서 찰링턴 황야 근처에 숨어 있게나. 그리고 어떤 일이 벌어지는지 직접 관찰하고 자네 생각에 따라 행동하게. 그런 다음에는 찰링턴 홀 저택에 사는 사람들이 누군지 조사하고 돌아와서 나에게 보고해 주게. 그럼 이제부터 그 문제에 대해서는 더 이상 거론하지 말게. 다른 구체적인 사실을 확보해서 사건의 해결 방법을 찾을 수 있을 때까지는 말이야."

스미스 양은 월요일에 워털루 역에서 9시 50분에 출

발하는 기차로 내려간다고 했으므로, 나는 일찍 집을 나서서 9시 13분 기차를 탔다. 파넘 역에서 찰링턴 황야로 가는 길은 쉽게 찾을 수 있었다. 숙녀가 설명을 잘해 준 탓인지 그녀가 말한 현장은 금방 알아볼 수 있었다. 도로 한쪽은 탁 트인 황야였고 다른 쪽은 오래된 주목나무 울타리로 둘러싸인 정원으로 개성 넘치게 운치가 있었으며, 정원 안에는 아름드리나무 여러 그루가 숲을 이루고 있었다. 정문에는 돌이끼가 잔뜩 끼어 있어 사람의 손이 닿지 않았다는 사실을 말해 주고 있었으며, 무너져가는 문장이 양쪽의 기둥을 떠받치고 있었다. 하지만 중앙의 마차 통행로 외에도 울타리 여기저기에 구멍이 뚫려 있어 안으로 드나들 수 있는 통로가 눈에 띄었다. 길에서 안쪽 저택은 보이지 않았지만, 주변의 모든 환경이 쇠퇴하고 있음을 보여주고 있었다.

황야를 뒤덮고 있는 황금빛 가시금작화 무리가 밝은 봄 햇살 속에서 환하게 빛나고 있었다. 나는 그중 한쪽의 가시금작화 덤불 뒤에 자리를 잡고 숨어 있었는데, 그곳에서는 찰링턴 홀의 정문과 길게 뻗은 도로가 한눈에 보였다. 내가 그곳에 숨을 때는 아무도 없었지만, 잠시 후 어떤 남자가 자전거를 타고 내가 온 방향과 반대쪽에서 달려오는 게 보였다. 그는 검은 정장을 입고 있었는데 스미스 양이 말한 대로 검은 턱수염을 기르고 있었다. 그는 찰링턴 정원의 맨 끝에서 자전거를 세우고, 자전거와 함께 울타리 사이로 들어가면서 시야에서 사라졌다.

15분이 흐르자 이번에는 자전거를 탄 여자가 나타났다. 스미스 양이 기차역에서 오고 있었던 것이다. 그녀는 찰링턴 홀의 관목 울타리가 가까워지자 주변을 살피기 시작했다. 잠시 후, 남자가 몰래 나오더니 자전거로 숙녀를 뒤쫓았다. 드넓은 풍경 속에서 움직이는 물체라곤 그 두 사람뿐이었기 때문에 마치 영화 같은 느낌이 들기도 했다. 우아한 스미스 양은 몸을 곧추세우고 자전거에 앉아 있었고, 남자는 핸들 위로 몸을 잔뜩 낮추고 있었다. 그런 남자의 행동 하나하나에서 이상하게도 비밀스런 냄새가 풍겼다.

스미스 양은 뒤를 돌아보더니 속도를 늦췄고, 남자도 따라서 속도를 늦췄다. 그녀가 자전거를 세우자 남자도 200미터쯤 뒤에서 자전거를 세웠다. 그런데 스미스 양이 뜻밖에 매우 대담한 행동을 했다. 그녀는 자전거를 홱 돌려세우더니 남자를 향해 맹렬하게 페달을 밟았다.

하지만 남자는 여자만큼이나 빠른 동작으로 쏜살같이 도망쳐 버렸다. 이내 그녀는 방향을 바꾸었고 고개를 세우고 묵묵히 뒤따르고 있는 남자에게 더 이상 눈길을 주지 않았다. 남자도 자전거를 돌려세우고 꼭 그만큼의 간격을 유지한 채 그녀의 뒤를 따랐고, 길모퉁이를 돌면서 두 사람은 나의 시야에서 사라졌다.

나는 그들이 보이지 않게 된 뒤에도 숨어 있던 곳에서 일어나지 않고 있었는데, 그것은 매우 잘한 일이었다. 남자가 자전거를 타고 천천히 페달을 밟으며 다시 나타났기 때문이다. 그는 찰링턴 홀 정문 앞으로 들어가더니 자전거에서 내려서 잠시 숲속에 서 있었다. 그리고 두 손을 올리고 있었는데 아마도 넥타이를 매만지는 것 같았다. 그러더니 다시 자전거를 타고 진입로를 따라 집 안으로 향했다. 나는 숨어 있던 곳에서 나와 정원 안을 들여다보았다. 멀리 낡은 회색 건물과 뾰족하게 솟은 튜더 양식의 굴뚝이 비쳤지만, 진입로 양쪽에는 나무들이 빽빽하게 있어서 남자의 모습은 더 이상 보이지 않았다.

오전에 해야 할 일에서는 좋은 결과를 얻었기 때문에 나는 흐뭇한 기분으로 파넘까지 걸어서 돌아갔다. 그리고 작은 부동산을 찾았는데, 그곳에서는 찰링턴 홀에 관해 아는 게 전혀 없다며 펠멜에 있는 유명한 부동산 회사를 소개해 주었다. 나는 집에 오는 길에 그곳에 들렀는데 대표가 깍듯하게 맞아주었다. 그러면서 올 여름에 찰링턴 홀을 빌릴 생각이면 한 발 늦었다고 안타까워했다. 그 집이 한 달 전에 임대되었다는 것이다. 세입자는 윌리엄슨 씨라는 나이 지긋한 점잖은 신사였다. 부동산업자는 의뢰인에 관한 것은 자신이 말할 수 없으므로 더 이상은 얘기할 수 없다고 나의 요청을 정중하게 거절했다.

그날 저녁 홈즈는 나의 보고를 주의 깊게 경청했지만, 내심 바라고 있던 칭찬은 한 마디도 없었다. 오히려 평소보다 더 엄격하고 싸늘한 눈빛으로 내가 했어야 하는 일에 대해 따져 물었다.

"왓슨, 자네는 은신처를 잘못 골랐군. 나무 울타리 뒤에 숨어야 그 흥미로운 인물을 가까이서 볼 수 있었을 텐데. 그런데 수백 미터 떨어진 곳에 엎드려 있었기 때문에 나한테 할 수 있는 얘기가 스미스 양만큼도 안 되는 거라네. 스미스 양은 그 남자가 모르는 사람이라고 했지만 나는 그렇지 않을 거라고 확신해. 만약 진짜 모르는 사람이라면, 스미스 양이 얼굴을 알아볼 수 있을 만큼 가까운 거리로 다가올 때 그렇게 도망을 갈 리가 없지. 그리고 자네는 그 남자가 핸들 위로 고개를 낮췄다고 말했지? 그건 물론 얼굴을 감추기 위한 행동이야. 자넨 정말 일처리를 형편없이 했어. 그 남자가 찰링턴 홀로 들어간 이후, 그가 어떤 사람인지 조사하려고 했다면 좀 더 생각을 했어야지. 고작 런던의 부동산업자를 찾아가다니!"

"그럼 내가 어떻게 했어야 하는지 말해 주게!"

나도 화가 나서 소리쳤다.

"그곳에서 제일 가까운 술집으로 갔어야지. 술집은 그 지역의 온갖 소문이 다 흘러드는 곳이니까. 자네가 술집을 찾아갔다면 저택 주인에서 식기실 하녀까지, 그 집 사람들에 대한 얘기를 모두 들을 수 있었을 거야. 윌리엄슨이라고 했지? 생각나는 게 전혀 없군. 나이가 많다고 했으니까 한창 나이의 처녀가 엄청난 속도로 쫓아올 때 자전거를 타고 달아날 만큼 힘이 넘치진 않았을 테고. 자네가 거기까지 다녀와서 얻은 소득이 뭔가? 숙녀 이야기가 사실이라는 것 외에는 별다른 게 없군. 게다가 난 그것에 대해서는 전혀 의심하지 않았다네. 자전거를 탄 남자와 찰링턴 홀 사이에 모종의 관련이 있다는 것 역시 의심해 본 적이 없어. 그 집을 빌린 사람이 윌리엄슨이라는 것을 알아봤자 무슨 도움이 되겠는가. 저런, 여보게. 그렇다고 그렇게까지 기죽을 필요는 없다네. 어차피 다음 토요일까지는 할 수 있는 일이 별로 없으니까 그 사이에 내가 직접 몇 가지 알아보겠네."

다음 날 아침, 스미스 양에게서 편지가 왔다. 그녀는 전날 내가 목격한 그 사건에 대해 간단하게 설명하고 있었는데, 핵심은 추신에 있었다.

홈즈 선생님, 비밀을 지켜주실 거라고 믿고 말씀드리겠습니다. 캐루더스 씨가 저에게 청혼을 하는 바람에 제 입장이 난처해졌습니다. 저는 그분의 감정이 매우 진실하고 고결하다는 것은 알고 있습니다. 하지만 저는 이미 약혼한 몸이니 어쩔 수가 없죠. 그분은 제 거절을 대단히 심각하게 받아들이셨지만 아주 부드럽게 대해 주셨어요. 하지만 아무리 그래도 여기 있기에는 상황이 좀 어색해졌습니다.

- 바이올렛 스미스

"이런, 젊은 아가씨가 복잡한 일에 휘말린 것 같군."

홈즈는 편지를 읽고 생각에 잠긴 얼굴로 말했다.

"이 사건은 처음에 내가 생각했던 것보다 훨씬 흥미롭군. 게다가 예상했던 것 이상으로 발전할 가능성이 있어. 바쁘지만 시골에 내려가서 조용하고 평화로운 하루를 즐기다 와야겠네. 오후에 당장 내려가서 내가 세운 가설을 시험해 보고 싶군."

홈즈가 말한 시골에서의 '조용한 하루'는 유난스럽게 끝이 났다. 저녁때 돌아온 그는 입술이 찢어지고 이마에는 검푸른 혹이 튀어나와 있었다. 싸움꾼 같은 분위기 때문에, 홈즈는 런던 경찰청에 드나들기에 충분한 인물로 보였다. 홈즈는 자신이 겪은 모험에 대해 나에게 설명해 주면서 터지는 웃음을 참지 못하고 있었다.

"난 연습할 기회가 없기 때문에 이런 싸움은 항상 대환영이라네. 자네도 내가 영국의 훌륭한 운동인 권투의 명수라는 건 잘 알고 있지? 그런데 가끔 그 사실이 도움이 될 때가 있다네. 예를 들면 오늘 같은 날이지. 아마 권투를 못 했다면 아주 불명예스러운 일을 겪었을 거야."

나는 그에게 대체 무슨 일이 있었던 것인지 너무나 궁금했다.

"내가 자네한테 시골 술집에 갔어야 했다고 말했던

것 기억하지? 마침 그런 술집이 있어서 신중하게 조사를 진행했다네. 바에 앉아 있는데 수다스러운 술집 주인이 필요한 얘기를 죄다 술술 털어놓았다네. 윌리엄슨은 턱수염이 허연 노인으로, 하인들 몇을 데리고 찰링턴 홀에서 혼자 살고 있더군. 그가 목사라는 소문도 있지만, 그 집에 잠깐 들어와 사는 동안 벌어졌다는 소동에 대한 얘기를 들어보니 그건 헛소문인 것 같았네. 게다가 성직자 단체에 조회해 보니 교단에 그런 이름을 가진 목사가 있었지만 불미스러운 일을 저지르고 파문됐다고 말해 주더군. 술집 주인 말로는 찰링턴 홀에 주말마다 항상 손님들이 모여든다고 해. '화끈한 친구들'이라고 표현하기도 했지.

그러다가 그곳에 죽치고 있는 우들리 씨라는 붉은 콧수염을 기른 신사에 대한 얘기를 꺼내기 시작했다네. 얘기가 여기까지 나왔을 때 갑자기 이야기의 당사자가 나타난 거야. 알고 보니 한쪽 구석에서 맥주를 마시고 있으면서 얘기를 모두 엿들은 것이지. '넌 뭐하는 놈이냐?' '대체 원하는 게 뭐냐?' '무엇 때문에 그런 걸 캐고 다니는 거냐?' 등등 그자는 이런 말을 하면서 걸쭉한 욕설을 한바탕 퍼붓더군. 아주 표현이 화려하고 박력에 넘쳤어. 그러더니 갑자기 나한테 주먹을 날렸다네. 난 미처 피하지도 못했다네. 그래도 다음 몇 분 동안은 정말 신이 났지. 그건 무쇠주먹을 가진 악당과 연달아 왼손 잽을 날리는 권투 선수의 대결이었거든. 그리고 난 결국 이런 꼴이 되었지. 하지만 우들리 씨는 마차에 실려서 집으로 갔으니 손해는 아닌 것 같군. 이것으로 나의 조용한 시골 여행은 종지부를 찍었어. 솔직히 말해서 재미는 있었지만 자네보다 더 나은 걸 수확하지는 못한 것 같군."

며칠 뒤, 목요일에 의뢰인으로부터 다시 편지가 왔다.

홈즈 선생님!
제가 캐루더스 씨 댁을 떠나기로 한 건 당연한 일 같습니다. 아무리 급료가 많아도 마음이 불편해서 더 이상 있을 수가 없답니다. 저는 토요일에 런던으로 돌아가서 다시 오지 않을 작정입니다. 캐루더스 씨 댁에 드디어 마차가 도착했고, 그래서 사람이 안 다니는 길을 혼자 가야 하는 위험은 없어졌습니다. 물론 그 길을 혼자 다니는 게 그동안 얼마나 위험했는지는 잘 모르겠지만요.

제가 떠나기로 한 이유는 캐루더스 씨 때문만은 아니에

요. 그 역겨운 우들리 씨가 다시 나타났기 때문입니다. 그는 언제 봐도 끔찍했지만, 최근에 무슨 사고라도 당했는지 얼굴이 심하게 일그러져서 지금은 그 어느 때보다 더 흉측하고 무섭습니다. 저는 창 밖으로 그 남자를 보았는데 다행히도 정면으로 마주치지는 않았습니다. 그 남자는 캐루더스 씨와 오랫동안 얘기를 나누었는데, 캐루더스 씨는 몹시 흥분하는 것 같았어요.

우들리 씨는 이 근처에 머물고 있는 게 분명해요. 밤에 여기서 자지 않았는데도, 아침에 정원의 관목 사이를 어슬렁거리는 모습을 볼 수 있었으니까요. 차라리 근처에 사나운 들짐승 한 마리가 돌아다니는 편이 더 나을 것 같습니다. 저는 말할 수 없을 만큼 그가 혐오스럽고 두려워요. 캐루더스 씨는 어떻게 그런 인간을 견딜 수 있는 건지 모르겠습니다. 하지만 이제 토요일이면 이 모든 괴로움이 다 끝날 거라 생각하니 조금 마음이 편합니다.

"그럼, 물론 그래야지."
홈즈가 무거운 목소리로 말했다.
"그 아가씨를 둘러싸고 있는 복잡한 음모가 무르익고 있다네. 스미스 양이 마지막으로 집에 가는 길에 다치는 일이 없도록 보호해야겠군. 왓슨, 어떻게든 시간을 쪼개서 토요일 오전에 함께 내려가도록 하세. 이 기묘한 조사가 불행하게 끝나지 않도록 하자고."

솔직히 나는 이 사건을 별로 심각하게 여기지 않고 있었다. 내가 보기에는 위험보다는 기이하고 야릇한 사건이었기 때문이다. 남자가 숨어서 기다리다가 매력적인 여성을 쫓아가는 것은 드문 일이 아니었을 뿐더러 여자가 다가오면 도망칠 정도로 용기가 없는 남자라는 것으로 보아 위험하진 않을 것이라고 생각했던 것이다.

물론 악당 우들리는 완전히 다른 종류의 인간이긴 하지만 단 한 번을 제외하곤 우리 의뢰인을 괴롭힌 적이 없었고, 요즘은 캐루더스의 집에 찾아와도 그녀를 괴롭히지 않았다. 자전거를 탄 남자는 술집 주인이 말했던 찰링턴 홀의 주말 파티 멤버임에 틀림없었다. 하지만 그가 어떤 사람인지, 또 그가 무얼 원하는 것인지에 대해서는 알 수 없었다. 이 묘한 사건 뒤에 어떤 음모가 꾸며지고 있는지 모른다는 느낌이 들었던 것은 홈즈의 심각한 태도와 그가 방을 나가기 전에 주머니에 리볼버를 가져가는 모습을 보았을 때였다.

밤새 내리던 비는 그쳤고 다음 날 아침은 활짝 갠 날

씨였다. 히스로 뒤덮인 들판에는 가시금작화가 무리 지어 활짝 피어나고 있었는데, 회색 도시에 지친 우리의 눈에 이러한 풍경은 한층 더 아름답게 비쳤다. 홈즈와 나는 신선한 아침 공기를 마시면서 모래가 깔린 넓은 길을 따라 걸었다. 새들의 노랫소리를 들으며 우리는 봄이 머금고 있는 생명력을 음미할 수 있었다. 크룩스베리 힐의 고갯마루에서 바라보니 우중충한 회색빛의 찰링턴 홀이 참나무숲 사이로 우뚝 솟아 있는 것이 보였다. 홈즈는 구불구불한 긴 도로를 가리켰다. 적황색 띠 한 줄이 히스 꽃으로 뒤덮인 황야와 숲 사이에 길게 펼쳐져 있었다. 그런데 멀리 검은 점 하나가 이쪽으로 다가오고 있었는데 자세히 바라보니 그것은 마차였다. 홈즈는 다급하게 소리를 질렀다.

"이런, 분명히 30분 여유 있게 시간 계산을 하고 왔는데 이런 일이 벌어지다니! 만약 저 마차에 스미스 양이 타고 있다면 아가씨는 좀 더 빠른 기차를 타려고 일찍 출발한 것 같군. 왓슨, 이러다가는 마차가 우리보다 먼저 찰링턴 홀 앞에 당도할 테니 서두르자고."

그때 우린 고개를 내려오고 있었기 때문에 더 이상 마차는 보이지 않았다. 홈즈는 뛰다시피 걸었고, 주로 앉아서만 생활했던 나는 그에게 뒤쳐질 수밖에 없었다. 또한 홈즈는 지칠 줄 모르는 정신적인 힘의 소유자였기 때문에 항상 컨디션이 좋았다. 그는 나를 백 미터쯤 앞서더니 갑자기 걸음을 멈췄다. 그는 실망과 비탄이 뒤섞인 몸짓으로 손을 번쩍 들어올렸다. 바로 그때 말 한 마리가 모는 빈 이륜마차가 굽은 길을 돌아오더니 우릴 향해 빠른 속도로 달려왔다. 말은 느린 걸음으로 뛰고 있었고, 고비는 바닥에 떨어져 질질 끌리고 있었다.

"아, 왓슨, 너무 늦었네. 너무 늦어버렸어!"

내가 숨을 몰아쉬며 그를 향해 뛰어가는데 홈즈가 외쳤다.

"이런, 바보같이 숙녀가 더 빠른 기차를 탈지도 모른다는 걸 고려하지 못했군! 왓슨, 이건 납치극이라네. 이제 납치는 살인이 될지도 모르지. 무슨 일이 있었는지는 하늘만이 알 수 있을 거야. 길을 막고 말을 세우게나! 됐어, 자, 빨리 가자고. 내 실수로 빚어진 엄청난 결과를 돌이킬 수 있는지 최선을 다해 봐야지."

우리는 빠르게 이륜마차에 뛰어올랐고, 홈즈는 말을 돌려세워서 채찍을 휘둘렀다. 마차는 마치 나는 듯이 길을 되돌아갔다. 굽은 길을 돌자 찰링턴 홀과 히스 황야 사이로 뻗은 외줄기 길이 한눈에 들어왔다. 나는 홈즈의 팔을 붙잡았다.

"저 사람이야!"

나는 숨을 헐떡거리면서 말했다.

자전거를 탄 남자 하나가 우리 쪽으로 달려오고 있었다. 그는 고개를 낮추고 어깨에 잔뜩 힘을 준 채 온힘을 다해 페달을 밟고 있었다. 남자는 마치 경륜 선수처럼 달리고 있었다. 그런데 갑자기 고개를 들었고 우리가 달려오는 걸 보더니 자전거를 세우고 재빨리 뛰어내렸다. 창백한 얼굴에 석탄처럼 검은 턱수염이 유난히 돋보였고 두 눈은 열병 환자처럼 번뜩였다. 남자는 우리들과 이륜마차를 번갈아 응시하더니 깜짝 놀란 표정을 지었다.

"아니, 이럴 수가! 당장 멈춰라!"

남자는 자전거로 도로를 막으면서 소리를 질렀다.

"이 마차 어디서 난 거지? 세워! 당장 세워!"

그는 주머니에서 권총을 꺼내들고 소리를 질렀다.

"어서 세우라니까! 내 말을 안 들으면 말을 쏘아버릴 테다!"

홈즈는 내 무릎 위에 고삐를 던지고 마차에서 뛰어내

렸다.

"우리가 찾는 사람이 바로 여기 있군. 바이올렛 스미스 양은 지금 어디 있나?"

홈즈는 분명한 말투로 남자에게 질문했다.

"내가 묻고 싶은 질문을 하는군. 이 마차가 바로 스미스 양이 타고 나간 마차다. 너야말로 그녀가 어디 있는지 알고 있겠지?"

"우린 길에서 이 마차를 만났다. 하지만 마차 안에는 이미 아무도 없었어. 우린 그녀를 돕기 위해서 말머리를 돌려서 달려온 거다."

"이런, 주여! 이제 저는 어찌해야 합니까?"

낯선 남자는 절망에 사로잡혀 부르짖고 있었다.

"벌써 그들한테 잡혀갔군. 그들이란 지옥의 사냥개 같은 우들리와 깡패 목사를 의미하는 거요. 이리들 오시오. 당신들이 정말 스미스 양의 친구라면 함께 갑시다. 내가 찰링턴의 숲에 시체가 되는 한이 있더라도 기필코 그녀를 구하겠소."

남자는 권총을 들고 관목 울타리의 구멍을 향해 미친 사람처럼 달렸다. 홈즈는 그의 뒤를 말없이 따랐고, 나는 말이 길가에서 풀을 뜯게 놓아둔 채 홈즈의 뒤를 따랐다.

"그자는 이쪽으로 들어갔소."

남자는 진흙 길에 어지럽게 찍힌 발자국을 가리키면서 말했다.

"여보시오! 잠깐! 저기 덤불에 있는 건 누구지?"

덤불 속에는 17살 정도의 소년이 양쪽 무릎을 끌어올린 채 쓰러져 있었는데, 머리에 끔찍한 상처를 입고 잠시 의식을 잃은 것 같았다. 가죽 각반을 두르고 마부 옷차림을 한 소년은 겉으로 보이는 상처로 미루어볼 때 뼈까지 다치지는 않은 것 같았다.

"이 아이는 마부 피터요."

남자가 소리쳤다.

"이 아이가 내 마차를 몰고 나갔소. 그 짐승 같은 놈들이 이 아이를 끌어내리고 몽둥이를 휘두른 게 분명하군. 그냥 놔둡시다. 이미 당한 건 돌이킬 수 없지만 스미스 양이 당할 수 있는 최악의 운명에서 구출해 낼 가능성이 아직은 조금 남아 있소."

우리는 구불거리는 숲속의 오솔길을 미친 듯이 달려갔다. 저택을 둘러싼 관목 앞까지 왔을 때 홈즈는 잠시 걸음을 멈추었다.

"그자들은 집 안으로 들어가지 않았군. 여기 이쪽에 그자들의 발자국이 있소. 여기, 만병초 덤불 옆이오. 이런! 내가 말하지 않았소."

남자가 말하는 동안, 눈앞의 울창한 관목 사이에서 두려움이 가득한 여자의 비명이 터져 나왔다. 비명은 점점 높아지다가 누가 입이라도 막은 것처럼 갑자기 뚝 끊겼다.

"이쪽으로 오시오! 이쪽! 저들은 볼링장에 있소."

남자는 관목 사이로 돌진하면서 소리쳤다.

"아, 이런 개만도 못한 자들! 신사 여러분, 나를 따르시오! 늦었어! 이런 일이!"

갑자기 눈앞이 탁 트이면서 우리는 아름드리나무로 둘러싸인 아름다운 잔디밭에 뛰어들었다. 빈터의 맨 끝에는 커다란 참나무 그늘이 있었고, 거기에 어울리지 않는 세 사람이 모여 있었다. 그중 한 사람은 여성으로, 바로 우리 의뢰인인 스미스 양이었다. 그녀는 입을 손수건으로 틀어 막힌 채 축 늘어져서 정신을 잃은 듯했다. 그녀와 마주보고 있는 사람은 붉은 콧수염을 기른 젊은이였다. 그는 각반을 찬 다리를 쩍 벌리고 한 손은 허리를 짚고 다른 손은 말채찍을 흔들고 있었다. 그는 승리감에 취해서 기고만장한 표정을 짓고 있었다. 스미스 양과 붉은 콧수염 남자 사이에는 반백의 턱수염을 기르고 옅은 색깔의 트위드 정장에 길이가 짧은 사제복을 입은 늙은이가 있었다. 기도서를 주머니에 넣는 것으로 보아 이제 막 결혼식을 끝낸 듯했다. 늙은이는 싱글벙글한 표정으로 흉악해 보이는 신랑의 등을 두들겨주며 축하하고 있었다.

"설마 지금 결혼식이 끝난 건가?"

나는 숨이 막히는 것 같았다.

"지금 뭣들 하는 거요! 빨리 갑시다!"

우리의 안내자가 소리쳤다. 그는 앞장서서 빈터를 달려갔고 홈즈와 나는 그의 뒤를 따라갔다. 우리가 달려가는 동안 숙녀는 비틀거리면서 나무에 몸을 기대고 있었다. 한때 목사였던 윌리엄슨은 우리를 향해 짐짓 공손하게 고개를 숙여보였고, 무뢰한 우들리는 이쪽으로 다가오며 기쁨에 못 이겨 요란한 웃음을 터뜨렸다.

"봅, 그 턱수염은 떼는 것이 어떤가?"

우들리가 우리 일행인 남자에게 말했다.

"내가 당신을 몰라볼 것 같은가? 마침 친구들을 데리고 시간에 딱 맞춰 와주었으니 우들리 부인을 소개해야겠군."

그러나 우리 안내자의 대답은 달랐다. 그는 변장용 검은 턱수염을 떼서 바닥에 팽개치자 깨끗이 면도한 창백하고 긴 얼굴이 드러났다. 그는 리볼버를 빼들고 무시무시한 채찍을 휘두르며 다가오는 젊은 악당에게 총을 겨누었다.

"그래, 난 봅 캐루더스다. 교수형을 당하더라도 스미스 양을 반드시 구해 낼 테다. 그녀를 괴롭히면 내가 어떻게 할 건지 말했던 것 기억하겠지? 나는 내가 말한 대로 실행할 것이다!"

"안타깝게도 당신은 한 발 늦었어. 저 여자는 이미 내 아내니까."

"천만에, 이제 곧 과부가 될 거야."

캐루더스의 리볼버는 불을 뿜었고 우들리의 앞가슴에는 피가 번졌다. 그는 비명을 지르면서 빙글빙글 돌더니 쿵 하고 쓰러졌다. 역겨웠던 붉은 얼굴은 갑자기 창백해지면서 얼룩얼룩한 무서운 얼굴로 바뀌었다. 사제복을 걸치고 있는 늙은이는 이제껏 들어본 적도 없는 망측한 욕설을 내뱉으며 리볼버를 빼들었지만, 총을 들어올리기도 전에 홈즈의 총구가 자신을 겨누고 있는 걸

보았다.

"이제 다 끝났다."

홈즈는 차가운 목소리로 말했다.

"그 총을 버려라! 왓슨, 총을 주워주게! 그리고 이자의 머리를 겨누어주게나. 고맙군. 그리고 당신 캐루더스, 그 총 이리 내놓으시오. 더 이상의 폭력은 용납할 수 없소. 어서, 총 이리 주시오!"

"그런데 당신은 도대체 누구요?"

"나는 셜록 홈즈요."

"오, 이런. 하느님!"

"내 이름을 들어본 적이 있겠지. 경찰이 올 때까지는 내가 공권력을 대신하겠소. 이봐, 당신!"

홈즈는 빈터 끝에 서 있던 겁에 질린 마부를 향해 소리쳤다.

"이리 와! 이 편지를 가지고 될 수 있는 한 빨리 파넘으로 가도록."

홈즈는 수첩을 찢어서 몇 글자를 적은 뒤 마부에게 주었다.

"파넘으로 가서 이걸 경찰서 책임자한테 전해! 경찰이 올 때까지 당신들 모두를 내가 감시해야겠으니."

홈즈의 카리스마는 범죄 현장을 순식간에 압도했고, 모두들 꼭두각시처럼 고분고분하게 그의 말에 따르고 있었다. 윌리엄슨과 캐루더스는 부상당한 우들리를 집 안으로 옮겼고, 나는 겁에 질린 여성에게 내 팔을 빌려주었다. 부상자를 침대에 눕힌 뒤, 나는 홈즈의 요청에 따라 우들리의 상처를 살펴보았다. 잠시 후 진찰 결과를 알려주기 위해 낡은 가리개가 걸려 있는 식당으로 향했다. 홈즈는 두 명의 포로와 함께 그곳에 앉아 있었다.

"다행히 살아날 것 같군."

나는 말했다.

"뭐라고?"

캐루더스가 벌떡 일어나며 소리쳤다.

"2층으로 올라가서 내가 그의 숨통을 끊어놓겠소. 저 천사 같은 아가씨가 저런 망나니 잭 우들리에게 평생 묶여 살아야 한다는 거요?"

"그 점에 대해서는 염려할 필요가 없소."

홈즈가 말했다.

"절대로 스미스 양이 그자의 아내가 될 수 없는 두 가지 이유가 있습니다. 첫째는 윌리엄슨 씨가 결혼식을 집전할 자격이 있는지 의심스럽다는 거요."

"나는 목사 안수를 받았어!"

늙은 악당이 부르짖었다.

"하지만 쫓겨나지 않았는가?"

"한 번 목사는 영원한 목사야."

"나는 그렇게 생각하지 않는데? 결혼 허가는 어떻게 할 건가?"

"우린 결혼 허가증을 받았어. 이미 내 주머니에 들어 있지."

"그렇다면 사기를 친 거로군. 강제 결혼은 결혼이 아니라 대단히 중대한 범죄 행위에 해당된다는 걸 머지않아 알게 될 거다. 앞으로 10년 정도 그 점에 대해 생각해 볼 시간이 충분히 있을 거야. 캐루더스, 당신은 주머니에 권총을 쑤셔 넣는 대신 좀 더 현명하게 행동해야 했소."

"홈즈 선생, 지금은 나도 그런 생각이 드는군요. 하지만 그동안 아가씨를 보호하려고 여러 가지로 노력했소. 그런데 킴벌리에서 요하네스버그에 이르는 남아프리카를 공포의 도가니로 몰아넣은 짐승의 손아귀에 들어갔다고 생각하니 미칠 것 같았소. 홈즈 선생, 나는 그 여성을 진심으로 사랑했소. 난생 처음으로 진정한 사랑을 깨닫게 된 거요. 믿어지지 않겠지만, 그 아가씨가 우리 집에 들어온 뒤 나는 악당들이 숨어 있는 그 집 앞을 그녀 혼자 지나가게 한 적이 한 번도 없소. 그녀가 이곳을 무사히 지나갈 수 있도록 매번 자전거를 타고 뒤따랐던 거요. 물론 아가씨가 내 얼굴을 알아보지 못하도록 턱수염을 붙이고 뒤에 뚝 떨어져서 따라가긴 했지만. 스미스 양은 품행이 단정하고 자존심이 강한 여성이라 내가 시골길에서 자신을 따라다닌다는 걸 알면 우리 집에 붙어 있으려고 하지 않았을 거 같았기 때문이오."

"그런데 왜 스미스 양에게 신변의 위험을 알리지 않은 거요?"

"그렇게 했더라도 그녀는 역시 우리 집을 떠났을 거요. 그것만은 도저히 견딜 수가 없었소. 아가씨가 나를 사랑할 수 없다고 해도, 그녀의 모습을 보고 목소리를 들을 수 있는 것만 해도 정말 행복했다오."

"전 동의할 수 없습니다, 캐루더스 씨. 당신은 사랑이라고 말하지만 내가 보기에는 이기심에 불과하군요."

내가 말했다.

"어쩌면 그 두 마음은 불가분의 관계에 있는지도 모르겠소. 나는 그녀를 옆에 두고 싶었소. 게다가 이런 인간들이 항상 주변에서 얼쩡거리고 있으니 누군가 옆에서 지켜주는 게 낫겠다고 생각했소. 그런데 전보가 날아왔을 때 나는 이들이 일을 저지를 것이라는 걸 알 수 있었소."

"전보라니? 그건 뭐지요?"

캐루더스는 주머니에서 전보를 한 통 꺼내서 보여주었다.

"이걸 봐주세요."

전보의 내용은 간결했다.

영감은 죽었다.

홈즈가 말했다.

"아! 일이 어떻게 된 건지 알겠군. 당신 말처럼 이 전보를 보고 그 일당이 무슨 생각을 했는지도 알 것 같소. 경찰이 올 때까지 할 말이 있으면 하시오."

갑자기 사제복을 입은 노인이 듣기에도 거북한 욕설을 퍼부었다.

"봄 캐루더스, 만약 비밀을 누설한다면 너도 잭 우들리와 똑같은 꼴을 당할 거야. 네가 계집애 앞에서 징징

거리면서 네 마음을 뒤집어 보이는 것까지는 좋아, 그건 네 사정이니까. 하지만 이 사복경찰 앞에서 친구들 얘기를 함부로 했다가는 평생 후회하게 될 거야."

"쫓겨난 목사님이 그렇게 흥분할 필요가 없을 텐데."

홈즈는 시가에 불을 붙이면서 말했다.

"난 이미 당신들이 한 짓을 다 알고 있어. 그저 개인적인 호기심 때문에 몇 가지 자세한 사항을 물어보는 것뿐이야. 나한테 직접 말하기가 곤란하다면, 내가 대신 얘기해 줄 수도 있어. 어디 당신들이 얼마만큼이나 비밀을 지킬 수 있는지 보자고. 먼저 당신들 셋은 이 사건을 계획하면서 남아프리카에서 건너왔어. 당신 윌리엄슨, 캐루더스, 그리고 우들리 셋이서."

"나는 빼주시지. 두 달 전까지 나는 이 두 명의 얼굴을 본 적도 없으니까. 게다가 내 평생 아프리카에는 가본 적도 없다고 맹세하지. 그런 섣부른 거짓말은 당신 파이프에나 담아뒀다가 피우시게나. 이 사복경찰, 참견쟁이 홈즈!"

"그가 하는 말은 사실이오."

캐루더스가 말했다.

"좋아, 그럼 두 사람이 건너온 것으로 해두죠. 목사님은 보기와 달리 순수 영국 태생이군. 어쨌든 두 사람은 남아프리카에서 랄프 스미스를 만났어. 그가 오래 살 수 없을 거라고 생각할 근거가 있었겠지. 그리고 조카딸이 유산을 상속하게 될 것이라는 사실도 알았고. 그렇지?"

캐루더스는 고개를 끄덕였고 윌리엄슨은 또다시 욕설을 퍼부었다.

"제일 가까운 친척은 스미스 양이 분명했는데, 당신들은 그 노인이 유언을 남기지 않을 거라는 사실을 알고 있었어."

"그는 글을 읽을 줄도 쓸 줄도 몰랐기 때문이오."

캐루더스가 말했다.

"그래서 두 사람은 영국으로 건너와 일단 스미스 양을 찾았지. 첫 번째 계획은, 둘 중 한 사람이 스미스 양과 결혼하고 다른 사람에게 유산에서 일정한 몫을 떼주는 거였지. 그 과정에서 왜였는지 모르지만 우들리가 신랑감으로 뽑혔어. 캐루더스, 그 이유는 뭐였소?"

"우린 배 안에서 스미스 양을 걸고 카드를 했소. 그런데 우들리가 이긴 거지."

"오, 알겠소. 당신이 숙녀를 가정교사로 채용하면 그다음에 우들리가 찾아가서 구애하기로 한 거군. 하지만 숙녀는 우들리가 잔인한 망나니라는 사실을 알고 그와 상대도 하지 않았지. 그러는 동안 캐루더스 당신이 그녀를 사랑하게 되었고, 전에 세운 계획이 틀어지기 시작한 거야. 당신은 저 무뢰한이 숙녀를 차지한다는 사실을 받아들일 수 없었겠지."

"그렇소. 도저히 나는 그 사실을 용납할 수 없었소!"

"그리고 둘 사이에 싸움이 벌어졌지. 그러자 우들리는 화가 난 당신을 빼놓고 독자적인 계획을 세우기 시작했고."

"윌리엄슨, 우리가 홈즈 씨에게 할 수 있는 얘기는 그다지 많지 않을 것 같소."

캐루더스는 비통한 웃음소리를 내면서 말했다.

"그렇소, 우린 심하게 싸웠고 우들리는 나를 때려눕혔소. 어쨌거나 그 점에 대해서는 잘잘못을 가리기 어렵소. 그 다음에 그가 잠시 종적을 감추었소. 우들리가 이 파문당한 목사님을 데려온 게 바로 그때였소. 두 사람은 스미스 양이 역으로 가는 이 길목에 진을 친 거였지. 나는 뭔가 좋지 않은 계획이 진행되고 있다는 걸 알 수 있었소. 그래서 잠시도 아가씨에게서 눈을 떼지 않았소. 난 두 사람이 무슨 짓을 꾸미고 있는지 알아내기 위해 시간이 날 때마다 여길 들렀소. 그런데 이틀 전, 우들리가 랄프 스미스가 사망했다는 전보를 들고 내 집으로 찾아왔소. 그는 나한테 약속을 지킬 거냐고 물었고 나는 물론 싫다고 했소. 그러자 결혼은 내가 하고 자기한테 한 몫을 주는 건 어떤지 물었소. 나는 그렇게 하고 싶었지만 그녀가 나를 원하지 않는다고 말했소. 그러자 우들리가 이런 말을 했소. '그럼 결혼부터 하지. 한두 주일 지나면 여자도 정신을 차리게 될 테니까.' 나는 강제로 그렇게 할 생각은 없었기 때문에 동의할 수 없다고 말했소. 그러자 그는 깡패다운 험한 욕설을 퍼부으면서 자기가 여자를 차지할 거라고 소리를 지르며 사라졌소. 스미스 양은 이번 주말에 우리 집을 떠나기로 했고 나는 아가씨를 안전하게 역까지 바래다줄 마차를 마련해 놓았소. 하지만 아무래도 불안한 생각이 계속 들어서 자전거를 타고 쫓아 나온 거요. 하지만 먼저 출발했던 스미스 양은 내가 마차를 따라잡기도 전에 화를 당하게 되었소. 두 신사께서 아가씨가 탔던 이륜마차를 타고 되돌아오는 걸 보는 순간, 나는 일이 잘못됐다는 걸 직감할 수 있었소."

홈즈는 이야기가 끝나자마자 벌떡 일어서서 담배꽁

초를 벽난로 안으로 던졌다.

"왓슨, 나는 정말 둔했어. 자네가 자전거를 탄 남자가 나무 사이로 들어가서 넥타이를 매만지는 걸 봤다고 했을 때, 그것만으로도 무슨 일이 있었는지 짐작해야 했는데. 이번 사건은 기이할 뿐 아니라 독특하기까지 했으니 축배를 들어도 되겠군. 마침 저기 경찰 셋이 진입로를 올라오고 있는 게 보이는군. 어린 마부가 경찰과 나란히 걷고 있는 걸 보니 마음이 놓여. 저 아이도, 재미있는 신랑도 오늘 아침의 모험에서 중상을 입은 것 같지는 않으니 결말도 괜찮군. 왓슨, 자네는 의사니까 스미스 양을 좀 돌봐주게나. 숙녀가 기력을 충분히 회복하면 어머니의 집까지 우리가 바래다주겠다고 말해주게. 만약 여전히 기운을 차리지 못하면 미들랜드의 젊은 전기 기술자한테 전보를 쳐주게나. 그게 나머지 치료가 될 테니까. 캐루더스 씨, 당신은 잘못된 음모를 함께 한 과거를 보상하기 위해 그동안 최선을 다한 것 같소. 이건 내 명함이오. 재판 과정에서 내 증언이 필요하거든 연락하시오."

홈즈와 내가 계속되는 활동 중에서 하나의 사건을 마

무리하고 호기심에 가득 찬 독자들의 기대를 충족시킬 만한 에필로그를 쓰는 것은 쉬운 일은 아니다. 하나의 사건은 다음 사건의 전주곡이 되고, 일단 그 고비를 넘기면 배우들은 우리의 생활에서 영원히 퇴장한다. 하지만 나는 이 사건에 관한 기록 맨 끝에 어울릴 만한 짤막한 주석을 찾아냈다. 바이올렛 스미스 양은 실제로 엄청난 유산을 상속받았고 지금은 그 유명한 웨스트민스터 전기회사, 모턴 앤 케네디사의 공동대표인 시릴 모턴의 아내가 되었다.

윌리엄슨과 우들리는 둘 다 납치 및 폭행죄로 재판을 받았고, 각각 7년과 10년 형을 언도받았다. 캐루더스에 대한 기록은 없다. 하지만 우들리는 흉악하고 거침없는 악당으로 명성이 높았기 때문에 법원에서도 캐루더스가 총을 쏜 사실에 대해서는 정상을 참작하여 무거운 처벌을 내리지 않았을 것이라고 생각한다. 사법적 정의를 실현하는 데는 서너 달 정도의 시간이면 충분했을 테니까.

찰스 오거스터스 밀버턴
The adventure of Charles Augustus Milverton

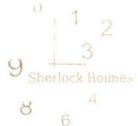

이제 이야기하려는 사건은 일어난 지 이미 몇 해가 흘렀다. 그러나 아직도 조심스러울 정도로 이 사건을 발표하는 것은 매우 어려운 일이었다. 최근 이 사건과 관련된 대부분의 사람들이 법률이 미치지 않는 곳에 있으므로, 사건에 대해 이야기한다 해도 피해를 받는 사람은 아무도 없을 것이다. 하지만 혹시 일어날지도 모르는 일을 미연에 방지하기 위해서, 실제 사건과 연관된 구체적인 내용은 밝히지 못함을 독자들도 너그럽게 이해해 주리라 생각한다.

우리가 처음 사건에 대해 접하게 되었던 날은 매우 추운 어느 겨울밤이었다. 홈즈와 나는 저녁 산책을 갔다가 6시쯤 베이커 가로 돌아왔다. 그런데 누군가 왔다 갔는지 탁자 위에 명함이 한 장 있었다. 홈즈는 명함을 보더니 바닥에 내동댕이치면서 몹시 기분 나쁜 표정을 지었다. 나는 호기심에 명함을 들어 이름을 보았다.

중개인
찰스 오거스터스 밀버턴
햄스테드, 애플도어 타워스

"이 사람이 누군데 명함을 집어던지는 건가?"
나는 처음 보는 명함을 내려놓으며 물었다.
"런던에서 가장 나쁜 놈 중 하나라네. 악당 중의 악당이지."
홈즈는 자리에 앉아 불 앞으로 다리를 뻗으면서 게슴츠레한 눈으로 말했다.
"왓슨, 명함 뒤에는 뭐라고 씌어 있나?"
"6시 30분 정각에 오겠음. C. A. M."
"저런, 벌써 올 시간이 되어버렸군. 자네 혹시 뱀을 본 적이 있나? 아무런 소리 없이 미끄러지는 듯한 몸짓과 잔뜩 독을 품고 사악한 눈을 가진 납작한 머리를 보면 몸서리가 쳐지지. 명함의 주인인 밀버턴이 바로 그런 인간이라네. 내가 이 일을 하면서 수많은 살인자와 범죄자를 봤지만, 밀버턴처럼 혐오스러운 인간은 본 적이 없어. 그자와 거래를 해야 한다는 사실이 매우 안타까울 뿐이라네. 사실 그는 내 초대를 받아서 오는 셈이거든."

"대체 어떤 사람이기에 그런 말을 하는 건가?"

"밀버턴은 공갈범 중에서 최고로 손꼽히는 자라네. 그자는 주로 여자들의 약점을 잡고 그것으로 그녀들을 협박하지. 그는 언제나 웃는 얼굴을 하고 있지만 얼음 같은 냉혈한이라네. 그의 표적이 되는 자는 호주머니의 먼지까지 모두 털어가지. 그런 면에서는 천재적이라서 아마 다른 직업을 선택했더라면 그 분야에서는 명성이 매우 높았을 거야.

그자의 수법은 비슷하다네. 일단 지위와 재산이 있는 사람들의 명예를 훼손할 만한 물건이 있으면 비싸게 사겠다고 소문을 퍼뜨린다네. 그런 물건을 들고 오는 자들은 대부분 배은망덕한 하인이나 하녀, 순진한 여성들의 마음을 빼앗은 불한당들이지. 그들에게 밀버턴은 매우 후한 사람이라네. 어느 귀족의 하인에게는 두 줄짜리 편지에 700파운드를 주었는데, 그 편지 덕분에 그 귀족 가문은 완전히 몰락해 버렸다네. 일단 시장에 나온 물건은 밀버턴의 손에 들어가게 되어 있다네. 그래서 영국에서는 그의 이름을 듣기만 해도 얼굴이 하얗게 질리는 사람이 한둘이 아니지.

밀버턴이 누구를 목표로 할 것인지는 아무도 모르지. 그는 가진 돈도 많은 데다가 매우 교활한 수완을 지니고 있어서 자신이 가진 물건을 활용할 수 있는 적절한 때를 기다린다네. 판돈이 가장 커졌다고 확신하기 전까지는 몇 년이라도 그 물건을 보관만 해두곤 하지. 우발적으로 누군가를 세게 한 대 때린 사람과 넉넉한 재산을 더 불리기 위해 한가한 때를 골라 사람들을 계속해서 쥐어짜는 사람 중 누가 더 나쁘겠나? 그래서 내가 아까 밀버턴을 악당 중에 악당이라고 한 걸세."

나는 홈즈와 오랫동안 알고 지냈지만, 지금처럼 흥분해서 말하는 것을 본 적은 거의 없었기 때문에 몹시 놀랐다.

"하지만 그건 불법적인 일이지 않은가? 경찰에 신고하면 될 텐데."

"원칙적으로는 그렇지만, 현실적으로는 불가능해. 밀버턴에게 한 여성이 협박을 당해서 경찰에 신고를 하면 그자는 몇 달 동안 감옥에 있겠지. 하지만 감옥에서 나와서 그자가 어떤 행동을 할까? 분명히 복수를 할 것이고, 그 여성은 모든 것을 잃게 되겠지. 그래서 그의 피해자들은 아무런 행동을 취하지 못한다네. 만일 그자가 죄 없는 사람을 협박한다면 법정에 보내도 후환이 없겠지만 말이야. 교활하기 짝이 없는 그자와 싸우려면 다른 방법을 찾아야 해."

"쉽지 않은 일이겠군. 그런데 그런 자가 왜 자네와 만나는 건가?"

"의뢰인이 나한테 안타까운 사정을 호소하며 부탁을 했기 때문이라네. 그 의뢰인은 에바 블랙웰 양인데, 그녀는 지난 시즌 사교계에 데뷔한 매우 아름다운 숙녀라네. 보름 후에는 도버코트 백작과 결혼하기로 되어 있지. 그녀가 오래 전에 가난한 지주의 아들에게 경솔하게 썼던 편지가 몇 통 있는데, 그 악당이 그걸 손에 넣은 모양이야. 그 편지는 경솔한 편지일 뿐 그 이상은 절대 아니야. 하지만 그 편지는 결혼식을 취소시킬 수도 있고 그녀의 미래를 망칠 수도 있지. 밀버턴은 자신이 요구한 돈을 블랙웰 양이 주지 않으면 바로 편지를 백작에게 보낼 거야. 블랙웰 양은 그 돈의 액수를 조정해 달라고 나에게 의뢰한 거지."

그때 밖에서 마차가 도착하는 소리가 들렸다. 창 밖으로 아래를 보니 두 필의 멋진 밤색 말이 끄는 화려한 사륜마차가 있었다. 마부가 문을 열자 긴 코트를 걸친 작고 뚱뚱한 남자가 내렸고, 잠시 후 그는 우리가 있는 방에 도착했다.

50대 정도로 보이는 찰스 오거스터스 밀버턴은 지적으로 보이는 큰 머리를 하고 있었다. 동그랗게 살찐 얼굴에는 미소가 사라지지 않았으며, 금테 안경 너머에는 회색 눈이 날카롭게 빛나고 있었다. 한없이 위선적인 그의 미소와 쉴 새 없이 주위를 살피는 눈만 아니었다면, 그는 평범한 호인 같은 이미지였을 것이다.

"홈즈 선생, 안녕하시오? 유감스럽게도 아까는 제가 헛걸음을 하고 말았습니다."

밀버턴은 작고 살찐 손으로 악수를 청하면서 부드러운 목소리로 말했다. 그러나 홈즈는 그의 손을 못 본 척하고 차갑게 굳은 얼굴로 그를 바라보았다. 밀버턴은 아무렇지도 않은 듯 어깨를 으쓱하더니 외투를 벗어 잘 접어서 의자 등받이에 조심스럽게 걸쳐 놓았다.

"이 신사분은 누구신가요?"

밀버턴은 의자에 앉은 뒤, 나를 가리키며 물었다.

"입은 무거운 분인가요? 이 자리에 함께해도 될지 모르겠군요."

홈즈가 아무 말이 없자 밀버턴은 다시 물었다.

"왓슨 박사는 내가 가장 믿는 친구이자 동료요. 걱정 마시오."

"좋아요, 홈즈 선생. 내가 이러는 건 당신의 의뢰인을 보호하기 위해서요. 이게 얼마나 중요한 사안인지 잘 아실 테니까요."

"왓슨 박사도 잘 알고 있소."

"그러면 바로 사업 얘기를 하도록 하지요. 블랙웰 양을 홈즈 선생이 대변한다고 들었는데, 숙녀분이 제 요구 조건을 수락할 권리를 홈즈 선생에게 주신 건가요?"

"그렇소. 당신 요구는 뭐요?"

"7,000파운드입니다."

"만약 못 주겠다면 어떻게 할 거요?"

"14일까지 7,000파운드를 지불하지 않으면 18일에 열리기로 한 결혼식은 취소될 겁니다. 저로서는 이러한 말을 입 밖에 내는 것도 마음이 몹시 아프군요."

그는 밉살스럽기 짝이 없는 슬픈 미소를 지으면서 능청스럽게 말했다.

"내가 보기에 당신은 모든 일을 너무 쉽게 생각하는 것 같군. 나 역시 편지에 대해 잘 알고 있고, 블랙웰 양은 내 조언을 반드시 따를 거요. 나는 의뢰인에게 사실을 모두 털어놓고 용서를 구하라고 말할 생각이오."

"홈즈 선생, 당신은 백작이 어떤 분인지 잘 모르는 것 같군요."

밀버턴은 소리 내어 웃으면서 말했다.

"그 편지 정도로 결혼식이 취소될 거라고 생각하는 거요?"

홈즈가 매우 언짢은 표정으로 물었다. 그의 말투로 보았을 때, 홈즈 역시 백작의 성격을 잘 알고 있는 듯했다.

"그 편지가 공개되면 아마 상상 이상의 소동이 일어날 겁니다. 블랙웰 양은 편지를 아주 아름답게 쓸 줄 아는 분입니다. 그런데 백작이 그것을 좋게 봐줄 수 있을까요? 절대 그렇지 않을 거예요. 만약 홈즈 선생의 생각이 나와 다르다면 할 수 없는 거죠. 사업상의 문제일 뿐이니까요. 이 편지가 백작 손에 들어가도록 놔두는 게 가장 좋은 방법이라고 생각한다면 그렇게 하세요. 편지를 되찾기 위해 그 돈을 지불하는 것이 아깝다면 어쩔 수 없으니까요."

밀버턴은 말을 마치고 일어나더니 외투를 손에 들었다.

"잠깐 기다리시오. 아주 예민한 문제니까 좀 더 이야기를 나누는 게 좋을 것 같소."

홈즈는 분노와 모욕으로 얼굴이 창백해진 채 말했다.

"역시 그러시리라 생각했습니다."

"이보시오. 블랙웰 양은 그렇게 넉넉한 형편이 아니오. 그녀의 재산을 있는 대로 다 모은다 해도 2,000파운드가 안 될 거요. 7,000파운드는 블랙웰 양의 능력으로 모을 수 있는 돈이 아니라는 걸 잘 알고 있지 않소? 2,000파운드 정도로 편지를 돌려주는 게 어떻겠소?"

"물론 블랙웰 양의 재산만 갖고 본다면 그렇겠죠. 하지만 결혼식에는 친척과 친구들이 적지 않은 성의를 보여줄 수 있는 기회이기도 합니다. 그 선물들은 액수가 상당히 나갈 수도 있죠. 신부에게는 친지들이 보내는 선물보다 이 편지가 훨씬 더 소중하지 않을까요?"

밀버턴은 이 상황이 재미있다는 듯이 활짝 웃으면서 말했다.

"그것은 안 될 말이오."

"저런, 매우 유감스러운 일이군!"

밀버턴은 안주머니에서 두툼한 수첩을 꺼내며 소리쳤다.

"이러다가는 숙녀분에게 아무런 노력도 하지 말라는 조언을 하겠군요. 자! 이걸 보시오!"

밀버턴은 겉봉에 문장이 찍혀 있는 자그마한 편지 한 통을 집어 들었다.

"이 편지는 곧…… 아참! 아직은 그 이름을 밝혀서는 안 되겠지요? 하지만 때가 되면 이 편지는 블랙웰 양의 신랑이 될 분께 전달되겠군요. 그리고 그 책임은 다이아몬드 반지를 유리 반지로 바꿔서 모을 수 있는 적은 금액을 준비하지 못한 블랙웰 양에게 있는 겁니다. 정말 안타까운 일이군요. 홈즈 선생, 혹시 귀족 가문이었던 마일스 양과 도킹 대령이 결혼식을 이틀 앞두고 파혼했던 일을 기억하시나요? <모닝 포스트>에 모든 일정이 취소됐다는 기사가 실리기도 했었죠. 이 일은 1,200파운드라는 얼마 안 되는 돈으로 막을 수도 있었답니다. 정말 안타까운 일이었죠. 그런데 홈즈 선생처럼 머리가 좋으신 분이 의뢰인의 명예와 미래가 걸린 이런 일에서 요구 조건을 따지시다니 솔직히 조금 놀랐습니다."

"조건을 따지는 게 아니오. 정말로 블랙웰 양은 돈이 없소. 이 돈도 적은 금액은 아니니 얻는 것도 없이 한 여성의 앞길을 망치지 말고 그 돈이라도 받는 게 낫지 않겠소?"

"홈즈 선생, 이 일의 의미를 잘 모르시는 것 같군요. 편지를 공개하는 것은 저에게 상당한 이익이 있답니다. 지금 이것과 비슷한 일이 열 건 정도 진행 중에 있습니다. 만약 블랙웰 양의 편지를 공개해 버린다면 아마 그 사건들 모두 제가 원하는 대로 처리될 거라는 확신이 드는군요. 이제 제 말을 이해하시겠죠?"

"왓슨, 문을 좀 막아주게. 이자를 내보내면 안 돼. 그 수첩에 대체 뭐가 들어 있는지 봐야겠어!"

홈즈는 벌떡 일어서면서 말했다.

"저런, 홈즈 선생. 이러시면 안 되지요."

밀버턴은 재빠르게 몸을 날려 우리 손이 닿지 않는 곳에서 벽을 등지고 섰다. 그는 한 손으로 윗옷 앞자락을 들추고 안주머니에서 불룩하게 튀어나온 리볼버를 잡았다.

"홈즈 선생 정도의 명성이라면 특별한 방법을 쓰지 않을까 생각했는데 실망입니다. 이런 일이 처음도 아니라서 놀라지는 않았습니다만, 이렇게 해서 이 일을 해결할 수 있다고 생각하는 겁니까? 보시는 것처럼 전 완전무장을 하고 있고, 언제라도 리볼버를 발사할 준비가 되어 있습니다. 물론 정당방위일 테니 아무런 거리낌도 없지요. 게다가 이 수첩에 모든 것이 적혀 있을 거라고 생각하십니까? 설마 제가 그렇게 어리숙한 사람일까요? 좀 더 저를 높이 평가해 주셨으면 좋겠군요. 전 이만 실례하겠습니다. 중요한 약속이 한두 개 더 있기도 하고 햄스테드까지 가려면 시간이 한참 걸리니 오늘 일은 여기서 끝내도록 하지요."

밀버턴은 리볼버에서 손을 떼지 않은 채 외투를 들고 문으로 향했다. 나는 의자를 번쩍 들어 올려 그를 공격할 준비를 하고 있었지만, 홈즈가 그만하라는 듯이 고개를 저었다. 밀버턴은 예의 바르게 고개를 살짝 숙여 인사를 하고 방을 나갔다. 곧 마차 문이 닫히는 소리와 함께 그가 탄 마차가 출발하는 소리가 들렸다.

홈즈는 바지 주머니에 두 손을 넣고 벽난로 앞에서 꼼짝도 하지 않았다. 고개를 숙인 채 타오르는 불빛을 바라보면서 약 30분 정도 아무 말이 없더니 갑자기 벌떡 일어나 침실로 들어갔다. 잠시 후 염소수염을 기른 멋쟁이 청년이 침실에서 으스대며 나왔다. 그리고 등잔불에 파이프를 갖다 대며 불을 붙이더니 나갈 채비를 마쳤다.

"왓슨, 시간이 좀 걸릴 테니 기다리지 말게."

홈즈는 이렇게 말하면서 문 밖으로 나갔다. 그가 지금부터 찰스 오거스터스 밀버턴을 공격하기 위한 대책을 세울 것이라고 생각했지만, 어떤 방식으로 일을 진행시킬 것인지 짐작도 할 수 없었다.

며칠 동안 홈즈는 같은 모습으로 다녔는데, 특히 햄스테드에서 주로 시간을 보낸다는 것만 알았다. 궁금해 하는 나에게 모든 것이 잘 되고 있다는 대답만 했을 뿐, 어떤 일을 하고 있는지 전혀 알 수 없었다.

폭풍우가 유난히 심했던 어느 날 저녁, 강한 바람이 창문을 마구 흔들어대고 있었다. 홈즈는 외출에서 돌아와 실내복 차림으로 벽난로 앞에 앉았다. 그는 잠시 가만히 있다가 정신없이 웃기 시작했다.

"왓슨, 자네 생각에 내가 결혼할 사람같이 보이나?"

"결혼이라니, 전혀 가당치 않지."

"내가 약혼했다는 소식을 듣는다면 어떻겠나?"

"자네가 약혼이라니! 하지만 사실이라면 난 축하해

주겠네."

"나의 피앙새는 밀버턴의 하녀라네."

"뭐라고? 홈즈! 대체 무슨 일을 하고 있는 건가?"

"어쩔 수 없었네. 정보가 간절히 필요했으니까."

"하지만 너무 지나친 것 같네."

"다른 방법이 없었어. 나는 전도유망한 사업을 이끌어가고 있는 배관업자 에스코트가 되었지. 저녁마다 그 하녀를 밖으로 불러내서 산책을 했다네. 이런저런 이야기를 나누면서 말이야. 결국 난 내가 원하는 바를 이룰 수 있었지. 밀버턴의 집에 대해서라면 이제 훤하게 알고 있다네."

"하지만 그 하녀는 어떻게 할 건가?"

"다행히 경쟁자가 있어서 내가 완전히 등을 돌리기도 전에 나를 차버릴 거야. 정말 잘된 일이지 않나? 엄청난 돈이 걸린 일이니만큼 최선을 다했고, 오늘 날씨도 정말 좋군."

"비바람이 몰아치는 날씨를 좋아하나?"

"내가 하려는 일에는 더없이 좋은 날씨지. 나는 오늘 밤 밀버턴의 집에 도둑이 되어 들어갈 생각이라네."

홈즈는 굳게 결심한 듯이 말했고, 나는 너무 놀라서

숨이 막히는 듯했다. 앞으로 어떤 일이 벌어질지 그 상황이 눈앞에 펼쳐지는 듯한 기분이 들었다. 밀버턴처럼 철저한 자의 집을 털다가 발각이라도 되면 홈즈의 명성은 하루아침에 돌이킬 수 없을 만큼 추락할 것이 분명했다. 그리고 밀버턴은 더 의기양양해 하며 홈즈를 발밑 아래 두려고 할 것이다.

"홈즈, 절대 안 되네. 잘 생각해 보게. 너무 위험한 일이야."

나는 간절한 목소리로 홈즈에게 애원했다.

"이미 완벽한 작전을 세워두었다네. 자네도 알겠지만 난 무모한 행동을 하는 사람이 아니야. 물론 이것은 위험하고 힘든 일이지만, 다른 방법이 없기 때문에 피할 수가 없어. 자, 이 사건을 좀 더 냉정한 눈으로 보는 게 좋겠군. 내가 하려는 행동은 법적으로는 어긋나는 행동이지만, 도덕적으로는 정당하다고 생각하지 않나? 자네는 며칠 전에 내가 밀버턴의 수첩을 빼앗으려고 할 때 나를 도와주려고 하지 않았나? 그 집을 터는 것은 밀버턴의 수첩을 뺏는 것과 다를 것이 없다네."

"그렇게 생각할 수도 있겠군. 자네가 그 집에서 수첩 같은 불법적인 물건만 가지고 나온다면 말이야."

나는 마음속으로 따져본 뒤 대답했다.

"바로 그거라네. 도덕적으로는 문제가 없으니 나는 혹시 일어날지도 모를 위험한 상황에 대해서만 주의하면 되지. 게다가 숙녀가 간절히 도움을 청하고 있으니 나 같은 훌륭한 신사가 모른 척할 수는 없지 않은가?"

"하지만 자네가 불법적인 행동을 한다는 것을 잊지 말게."

"그건 내가 가져야 하는 위험부담일 뿐이야. 편지를 되찾기 위한 다른 방법은 없어. 아름다운 블랙웰 양에게는 밀버턴에게 지불할 돈도, 이 일을 상의할 일가친척도 없다네. 악당이 정한 기한이 내일이니 오늘 밤 그 편지를 찾지 못하면 그가 말한 대로 숙녀의 앞길은 가시밭길이 되고 말 거야. 의뢰인이 곤경에 빠지는 것을 볼 수는 없으니 나는 마지막 기회를 이용할 수밖에 없어. 왓슨, 자네에게만 하는 말인데 사실 나는 밀버턴과 목숨을 건 싸움을 하고 있다네. 그자는 이미 예리하게 먼저 공격을 해왔지. 내 자존심과 명예를 위해서라도 난 이 싸움의 끝을 봐야 해."

"마음 내키지는 않지만 어쩔 수 없군. 우리가 언제 출발할지 알려주게. 준비할 것도."

"자네는 같이 가지 않을 거야."

"그럼 자네도 못 가네. 나를 빼고 간다면 난 지금 즉시 경찰서로 가서 자네를 고발하겠네. 내가 한 말에 책임을 지는 사람이라는 건 자네도 잘 알겠지?"

"자네가 간다 해도 도움 될 일이 없다네."

"그건 아무도 모르는 거라네. 난 가기로 결심했으니 말릴 수 없을 거야. 나에게도 자네와 마찬가지로 자존심이 있으니까."

"좋아, 우리는 이 집에서 오랫동안 함께 살았으니 감옥에서도 함께 산다면 나름대로 재미가 있겠군. 솔직히 내가 마음을 조금만 다르게 먹었어도 누구도 막을 수 없는 범죄자가 되었을 거라고 자신한다네. 평소 이러한 생각을 실천에 옮길 기회가 없었는데 드디어 기회가 온 거야. 자, 이것을 좀 보게."

홈즈는 한층 밝아진 얼굴로 말하면서 서랍에서 작은 가죽 가방을 꺼냈다. 그리고 그 안에서 반짝이는 작은 공구 세트를 꺼냈다.

"이건 도둑에게 필요한 최고급 연장이라네. 여기에는 만능 열쇠꾸러미, 니켈로 도금한 쇠 지렛대, 다이아몬드를 끝에 붙인 유리 절단기 등이 있지. 문명의 발달에 맞게 현대적으로 개조되어 있어 사용하기에 아주 편리하다네. 이건 빛이 새나가는 것을 막아주는 전등이라네. 혹시 자네 소리가 나지 않는 신발 있나?"

"고무를 밑창에 댄 운동화가 하나 있네."

"괜찮군. 복면으로 사용할 만한 것도 있나?"

"검정색 비단이 좀 있는데, 두 개 정도는 만들 수 있을 것 같군."

"잘됐군. 이런 말 하기는 뭣하지만 자네도 이 방면에 소질이 있어 보이는군. 자네는 복면을 만들어주게. 그리고 떠나기 전에 식사를 좀 하는 게 좋겠어. 지금이 9시 반이니까 지금부터 준비를 해서 11시에 마차를 타고 처치 로로 가면 되네. 거기서 애플도어 타워스까지 걸어서 15분 정도 걸릴 테니 자정 전에는 일을 시작할 수 있을 거야. 밀버턴은 일찍 자는 편이라서 늦어도 10시 반에는 잠자리에 든다고 하더군. 내 계획대로 된다면 새벽 2시 전에는 블랙웰 양의 편지를 가지고 돌아올 수 있을 거야."

홈즈와 나는 예복을 제대로 차려 입고 길을 나섰다. 옥스퍼드 가에서 마차를 타고 햄스테드 어딘가에서 내린 뒤, 날씨가 매우 추웠기 때문에 코트 단추를 목 끝까지 채우고 황무지 같은 길을 따라 걸었다.
 "이제부터 정말 조심해야 하네. 우리가 찾는 편지는 서재 금고 속에 있는데, 서재는 밀버턴의 침실과 연결되어 있어. 나의 약혼녀 얘기로는 하인들 사이에서도 그를 깨우는 일은 무척 힘들다고 하더군. 원래 키가 작고 뚱뚱한 사람들은 잠이 많지 않은가. 밀버턴에게는 충성심이 매우 강한 비서도 한 명 있는데, 하루 종일 서재에서 한 발자국도 나가지 않는다고 하더군. 우리가 밤에 가는 건 그 비서를 피하기 위해서이기도 해. 정원에는 사나운 개가 한 마리 있는데, 나의 약혼녀가 나를 위해 개를 가둬놓았다네. 여기 정원이 딸린 큰 집 보이지? 바로 밀버턴의 집이라네. 대문으로 들어가서 만병초 사이를 지나 오른쪽으로 가면 되네. 여기서 복면을 하자고. 다행히 불이 켜진 창문은 하나도 없군. 아직까지는 계획대로 진행되고 있어."
 우리는 검은 비단을 쓰고 2인조 도둑이 되어 조용하고 어두운 집을 향해 조심조심 다가갔다. 집 한쪽에는 타일을 붙인 발코니가 있었는데, 발코니를 향해 서너 개의 창문과 두 개의 문이 있었다.
 "저쪽이 밀버턴의 침실이야."

홈즈는 들릴 듯 말 듯한 목소리로 소곤거렸다.

"여기가 서재로 통하는 문인데, 항상 열쇠로 잠가놓은 데다가 빗장까지 질러놨다네. 들어갈 수 있다면 좋겠지만 엄청나게 시끄러운 소리가 날 테니 돌아가는 게 낫겠군. 응접실로 통하는 온실로 가자고."

온실 문 역시 잠겨 있었지만 홈즈는 준비해 온 도구로 유리를 오려낸 뒤 손을 넣어 문을 열었다. 온실은 습하고 더운 공기와 식물의 향기로 가득 차 있었다. 어둠 속에서 홈즈는 내 손을 잡고 나무 사이를 지났는데, 앞이 보이지 않아 나뭇가지들이 내 얼굴을 스쳤다. 홈즈는 치밀한 훈련 덕분에 어둠 속에서도 밝은 시야를 가질 수 있어서 시원스럽게 앞으로 나아가고 있었다.

이윽고 어딘가에 도착하자 홈즈는 방문 하나를 조심스럽게 열었다. 시거 냄새가 배어 있는 큰 방이라는 것을 알 때쯤, 그는 가구 사이를 지나 다른 방문을 열었다. 손을 내밀어보니 옷들이 만져졌고, 나는 복도로 나왔다는 것을 알 수 있었다. 복도를 따라 걷던 홈즈는 오른쪽에 있는 방문을 아주 조심스럽게 살짝 열었다. 갑자기 뭔가가 튀어나와 나는 깜짝 놀랐는데, 자세히 살펴보니 고양이였다.

방에는 난롯불이 타고 있었고 담배 냄새가 매우 지독했다. 홈즈가 먼저 살금살금 방 안으로 들어갔고, 뒤이어 내가 들어가자 홈즈는 문을 닫았다. 우리가 있는 곳은 밀버턴의 서재였다. 맨 끝에 칸막이 커튼이 있었는데, 그쪽이 그의 침실로 통하는 곳인 것 같았다.

벽난로 앞에는 두꺼운 커튼이 우리가 바깥에서 본 창문을 가리고 있었다. 방 가운데에는 책상과 붉고 반짝거리는 가죽으로 만든 회전의자가 있었다. 건너편에는 큰 책장이 있었고, 책장 위에는 대리석으로 만든 아테네 여신의 흉상이 있었다. 책장과 벽 사이에는 꽤 높은 녹색 금고가 있었고, 반짝반짝 빛나는 놋쇠 손잡이가 있었다. 홈즈는 아무런 소리도 내지 않고 그쪽으로 가더니 금고를 쳐다보았다. 그리고 침실 문 앞으로 가서 혹시 소리가 나는지 귀를 기울였다.

일을 마친 다음 나갈 곳을 찾아보다가 발코니 문을 확인해야겠다고 생각했다. 그런데 발코니 문은 잠겨 있지도 빗장이 질러 있지도 않았다. 나는 깜짝 놀라서 홈즈의 팔을 건드렸고, 그는 내가 가리킨 곳을 보고 놀라는 듯했다.

"이 상황은 마음에 안 드는군."

홈즈가 내 귀에 속삭였다.

"이해가 가지 않아. 하지만 서두르는 게 좋겠군."

"내가 할 일은 뭔가?"

"일단 문 옆을 지키고 있게. 누가 오는 소리가 들리면 빗장을 지르게. 그러면 우리는 들어온 곳으로 빠져나갈 수 있을 거야. 만약 다른 쪽에서 누군가 온다면 일을 끝낸 경우 문으로 나가고, 일을 끝내지 못하면 창가 커튼 뒤에 숨으면 될 거야. 알겠지?"

나는 고개를 끄덕이고 그가 시킨 대로 문 옆에 조용히 섰다. 처음에는 마음속에 불안만 가득했지만 서서히 짜릿한 흥분이 온몸을 채우고 있었다. 우리는 법의 수호자에서 법의 도전자가 되었고, 기사도 정신에 입각한 이타적인 행동을 하고 있었다. 또한 악당을 응징하기 위해서라고 생각하니 죄의식이 아니라 가슴 벅찬 감동마저 느낄 수 있었다.

홈즈는 연장을 들고 환자의 목숨이 걸린 수술을 하는 의사처럼 도구를 선택하고 있었다. 굳건한 금고 문을 여는 것 자체가 그에게는 큰 즐거움이라는 사실을 잘 알기 때문에 이 일이 그에게 얼마나 즐거울지도 짐작할 수 있었다. 그는 외투를 의자 위에 걸쳐둔 채 소매를 걷어 올리고 연장을 옆에 늘어놓았다. 약 30분 정도 숙련된 기술자 같은 능력으로 작업에 열중하더니 드디어 금고 문이 완전히 열렸다.

금고 안에는 끈으로 묶은 편지 다발이 가득 쌓여 있었는데 모두 봉인이 되어 있었고, 각각의 편지에는 메모가 붙어 있었다. 홈즈는 그중 하나를 집어 들었지만 난롯불의 불빛으로는 글씨를 읽기가 힘들었기 때문에 미리 준비해 갔던 전등을 꺼내들었다. 바로 옆방에서 밀버턴이 자고 있었기 때문에 전깃불을 켜는 것은 매우 위험했던 것이다.

그런데 그 순간, 홈즈는 갑자기 모든 동작을 멈추고 주위에서 나는 소리에 온 신경을 집중했다. 그러더니 금고 문을 닫고 연장을 모두 외투 속에 넣은 뒤 외투를 들고 커튼 뒤로 날쌔게 달려가면서 내게 손짓을 했다.

나는 그를 따라 커튼 뒤로 몸을 숨긴 후에야 홈즈의 예민한 청각이 알아챈 소리를 들을 수 있었다. 집 안 어디선가 사람의 움직임이 느껴졌다. 멀리서 문이 세게 닫히는 소리가 들리더니 뭔지 모를 둔탁한 소음은 빠른 속도로 걸어오는 규칙적인 발자국 소리로 바뀌었다. 그 소리는 바로 서재 밖의 복도에서 나더니 방문 앞에서 멈췄다. 곧이어 서재 문이 열렸고 전깃불이 켜졌다. 이내 문이 닫히면서 독한 시거 냄새가 코를 찔렀다. 바로 몇 미터 앞에서 누군가 방 안을 한참이나 서성대는 소리가 들렸고, 마침내 의자의 삐걱대는 소리가 나더니 자물통에서 열쇠 돌아가는 소리와 종이가 부스럭거리는 소리가 들렸다.

밀버턴이 더 이상 움직이지 않자 그제야 나는 눈앞의 커튼 자락을 살짝 들치고 방 안을 내다보았다. 내 어깨에 홈즈가 기대고 있는 것으로 보아 그 역시 밖을 내다보는 듯했다. 손을 뻗으면 닿을 만한 거리에 밀버턴의 둥글고 통통한 등이 있었다. 그의 모습은 자다 나온 사람으로는 보이지 않았다. 홈즈가 그의 일과를 잘못 파악한 것이 분명했다. 그는 아마도 건물 끝에 있는 흡연실이나 당구실에서 쉬다 온 듯했다.

반백의 대머리인 밀버턴은 검정색 벨벳 깃을 단 진홍색 실내복 상의를 입고 가죽 의자에 몸을 한껏 기댄 채 검정색 시거를 비스듬히 물고 있었다. 담배 연기로 고리를 만들면서 긴 서류를 손에 들고 읽는 모습은 매우 여유 있어 보였다. 쉽게 이곳을 나갈 것 같지 않은 그를 불안한 눈초리로 바라보자, 홈즈는 자신을 믿으라는 듯이 내 손을 꽉 붙잡았다. 그런데 금고 문이 살짝 열린 것이 눈에 들어왔다. 홈즈가 그것을 알고 있는지 알 수 없었기 때문에 나는 더욱 불안해졌다. 밀버턴이 그 사실을 눈치 채면 나는 바로 뛰어나가 그의 머리에 외투를 씌우고 꽁꽁 묶어버리겠다고 생각했다. 그러나 다행히도 밀버턴은 고개를 그쪽으로 돌리지 않았고, 손에 들고 있던 서류를 내려놓더니 다른 서류를 손에 집어 들고 읽기 시작했다.

나는 그가 서류를 다 읽고 시가도 다 피우면 침실로 돌아갈 것이라고 생각했다. 그러나 밀버턴은 누구를 기다리는 듯했다. 시계를 계속해서 여러 번 들여다보았고 초조한 듯이 앉았다 일어섰다를 반복했다. 바깥 발코니에서 부스럭거리는 소리가 들리기 전까지 우리는 그가 약속이 있을 것이라고는 짐작도 하지 못했다. 밀버턴은 서류를 내려놓고 자세를 고쳐 앉았다. 밖에서 문 두드리는 소리가 들렸고, 밀버턴은 일어나서 문을 열어주었다.

"저런, 30분이나 늦었군."

밀버턴은 볼멘소리로 상대방에게 말했다. 발코니 문을 잠그지 않고 한밤중에 서재에 온 이유는 약속이 있었기 때문이었다. 드레스가 끌리는 소리가 들렸고, 밀버턴은 시거를 문 채로 다시 자리에 앉았다. 나는 그의 시선에 따라 커튼 자락을 조절하면서 그의 눈에 띄지 않게 조심했다. 밀버턴을 찾아온 사람은 키가 크고 날씬한 여성이었다. 베일을 쓰고 망토 자락으로 턱을 가리고 있었기 때문에 얼굴은 잘 보이지 않았다. 그녀는 숨을 몰아쉬고 있었고, 흥분 상태에 놓인 듯 몸을 계속 떨었다.

"아가씨 덕분에 잠도 못 자고 있었어. 그럴 만한 가치가 있어야 할 텐데 말이야. 다른 시간에 올 수 있었다면 더 좋았을 텐데 그러긴 어려웠던 건가?"

밀버턴의 질문에 여자는 고개를 저었다.

"좋아. 어쩔 수 없으니까 지금 왔겠지. 백작 부인이 아가씨에게 나쁜 짓을 했다면 이제 복수할 기회가 온 거야. 그런데 왜 이렇게 계속 떨고 있는 건가? 걱정하지 말고 기운 내게. 그럼 우리 일에 대해서 이야기하는 게 좋겠군."

밀버턴은 책상 서랍에서 공책을 꺼내며 말을 이었다.

"보자, 아가씨는 달버트 백작 부인의 명예를 손상시킬 수 있는 편지를 다섯 통 가지고 있다고 했군. 편지를 팔고 싶다고 했으니 가격만 정하면 되겠군. 물론 편지는 확인해 봐야 하네. 정말 가치가 있는지 말이야. 한 번 꺼내보게. …… 맙소사! 이게 누군가?"

밀버턴 앞에 있던 여성은 갑자기 베일을 걷고 망토를 내렸다. 그녀는 단아하고 아름다웠다. 가무잡잡한 피부, 오뚝한 코, 짙고 검은 눈썹, 강렬하게 빛나는 눈, 얇은 입술은 위험해 보이는 미소를 짓고 있었다.

"내가 누군지 모르진 않겠지. 네놈 덕분에 인생을 망쳤으니까."

여자가 떨리는 목소리로 말했다.

"저런, 그때 부인이 고집을 부리지 않았으면 아무런 문제도 없었을 거요. 나는 파리 한 마리도 죽이지 못하는 성격으로, 극단적인 선택을 하고 싶지 않았소. 하지만 이게 내 직업이니 내가 할 수 있는 게 뭐가 있겠소? 내가 제시한 가격은 부인이 충분히 지불할 수 있었소. 하지만 부인은 돈을 내지 않았고 이런 결과를 가져온 거요."

밀버턴은 웃으면서 말했지만 목소리에는 두려움이 묻어나왔다.

"네 이놈! 그래서 편지를 남편에게 바로 보낸 것이냐? 그분은 명예를 가장 중시하는 고귀한 신사였어. 나 때문에 그분은 마음에 상처를 입어 결국 돌아가시고 말았어. 내가 저 문으로 들어와서 너에게 애원했던 것을 잊지는 않았겠지. 그때는 비열하게 웃음을 짓고 있더니 지금은 입술이 떨릴 정도로 겁이 나는 것이냐? 넌 다시 나를 만날 거라고 생각하진 않았겠지. 천하의 악당, 찰스 밀버턴! 그래도 네 행동이 정당하다고 생각하느냐?"

"설마 내가 겁을 먹었다고 생각하는 거요? 내가 크게 소리 한 번만 지르면 하인들이 달려와 부인을 꼼짝 못하게 할 거요. 물론 부인의 심정은 이해할 수 있소. 하지만 그만 여기서 나가는 게 좋겠군. 그렇게 한다면 나도 움직이지 않겠소."

밀버턴은 자리에서 일어나며 조용히 말했다.

"네놈이 다른 사람의 인생을 망치는 건 내가 마지막일 것이다. 더 이상 누구도 협박할 수 없도록 해줄 테니까. 나는 사회악을 제거하러 왔다. 자, 받아라!"

여자는 창백한 얼굴로 밀버턴을 향해 반짝거리는 작은 리볼버의 방아쇠를 당겼다. 그의 앞가슴과 약 60센티미터 정도 떨어진 곳에서 총구를 들이대고 연달아 방아쇠를 당겼다. 밀버턴은 뒤로 물러나다가 탁자 위로 고꾸라져 두 팔을 버둥거렸다. 그러다가 비틀거리며 다시 일어서자 리볼버는 다시 한 번 불을 뿜었고 그는 바닥으로 푹 쓰러져버렸다.
"내가 당하다니!"
그는 이렇게 소리를 치더니 더 이상 움직이지 않았다. 여자는 그를 뚫어지게 바라보다가 발로 그의 얼굴을 짓이겼다. 그리고 다시 밀버턴을 내려다보았지만 이번에는 어떤 행동도 취하지 않았다. 잠시 후 그녀는 드레스 자락을 거칠게 펄럭이면서 들어온 곳으로 나갔다. 리볼버의 열기로 후끈해진 방에 차가운 밤공기가 느껴졌다.
여자가 밀버턴을 향해 총알을 쏠 때, 나는 본능적으로 밖으로 뛰쳐나가려고 했다. 물론 그렇다고 해도 밀버턴의 목숨을 구하지는 못했을 것이다. 그러나 홈즈는 내 손목을 꼭 잡았고, 우리가 끼어들 일이 아니라고 눈빛으로 말해 주었다. 악당은 정의의 심판을 받았고, 우리는 여기 온 목적을 잊어서는 안 된다는 것이었다.
여자가 방을 나가자마자 홈즈는 재빨리 건너편 문으로 달려가서 방문을 열쇠로 잠갔다. 그때 바깥에서 시끄러운 말소리와 발자국 소리가 들리기 시작했다. 리볼버를 발사하는 소리 때문에 집안의 모든 사람들이 일어난 것이다. 홈즈는 전혀 당황하지 않고 금고 속의 편지를 벽난로 속에 던져 넣었다. 그렇게 몇 차례 하자 금고 안은 텅 비었다. 누군가 문 밖에서 문을 두드리는 소리가 들렸고, 홈즈는 더 처리할 것이 없는지 방 안을 한 번 둘러보았다. 그때 밀버턴이 읽고 있던 편지가 탁자 위에 놓여 있는 것이 보였다. 홈즈는 피에 젖은 편지를 집어 역시 벽난로에 넣었고, 발코니 문에서 열쇠를 빼고 나와 함께 밖으로 나온 뒤 열쇠를 돌려 문을 잠갔다.

"왓슨, 어서 이쪽으로 오게. 여기로 가면 정원의 담을 넘을 수 있을 거야."

잠시 후 뒤를 돌아보니 서재의 문이 열렸는지 온 집 안에 환하게 불이 켜져 있었다. 대문도 활짝 열렸고 사람들이 뛰어 들어와 정원이 소란스러웠다. 그중 한 남자가 우리를 발견하고 우리 뒤를 따라오기 시작했다. 홈즈는 정원의 지형에 매우 익숙해 빠른 걸음으로 달려갔고, 나는 그의 뒤를 집중해서 따라갔다. 가장 앞서서 우리를 따라오던 남자는 숨을 몰아쉬고 있었다. 1미터 80센티미터 정도의 담이 눈앞에 버티고 있었지만, 홈즈는 가볍게 뛰어올랐고 나 역시 그의 뒤를 따랐다. 그런데 누군가 내 발목을 잡아당기는 것이 느껴졌고, 발길질로 그 손길을 떨쳐냈다. 그러나 나는 그 충격으로 담

너머의 덤불로 고꾸라졌지만, 홈즈의 도움으로 일어나 햄스테드의 황무지를 전력 질주할 수 있었다. 약 3킬로미터 정도 달렸을 무렵, 홈즈는 걸음을 멈추고 뒤쪽에 귀를 기울였다. 다행히 아무런 소리가 들리지 않았다. 추격자들을 모두 따돌린 것이 분명했다.

다음 날 아침, 우리는 아침을 먹고 느긋하게 파이프에 불을 붙이고 있었다. 그때 런던 경찰청의 레스트레이드 경감이 근엄한 표정으로 우리 집을 찾아왔다.

"홈즈 선생, 그동안 안녕하셨습니까? 혹시 요즘 바쁘십니까?"

"한가하진 않지만 경감의 이야기를 들을 시간은 있습니다."

"사실 어젯밤에 햄스테드에서 독특한 사건이 발생했습니다. 괜찮다면 홈즈 선생이 도와주셨으면 해서요."

"그곳에서 무슨 일이 있었습니까?"

"살인 사건이긴 한데 아주 이상해 보입니다. 홈즈 선생은 그런 일에 관심이 많으니 우리를 도와주실 것이라고 생각해요. 지금 애플도어 타워스로 가서 조사를 해주시면 감사하겠습니다. 사실 이 사건은 평범한 살인 사건이 아닙니다. 홈즈 선생이니까 하는 말인데, 경찰청에서는 살해당한 밀버턴 씨를 오랫동안 주시하고 있었습니다. 협박용으로 쓸 편지들을 모으고 있다는 소문이 있었으니까요. 그런데 살인자가 금고 안에 있던 편지를 모두 태워버렸습니다. 다른 값나가는 물건에는 전혀 손대지 않은 것을 보니, 스캔들을 막고자 편지를 없애기 위해서 그를 죽인 게 분명해요. 지위가 상당히 높은 사람일 것 같고요."

"범인들이라고요? 범인이 한 명이 아닌가요?"

"네, 범인은 둘입니다. 그자들이 현장에서 붙잡힐 수도 있었는데 안타까운 일이죠. 그들의 발자국과 인상착의는 이미 확보했으니 범인들을 잡는 것은 어렵지 않을 겁니다. 한 놈은 대단히 날쌘 녀석이고, 다른 한 놈은 정원사한테 붙잡혔다가 달아났다고 하더군요. 정원사가 잡은 녀석은 중간 정도 되는 키에 체격이 좋았다고 합니다. 턱은 각지고 목이 굵은데다가 콧수염을 기르고 있다고 했어요. 얼굴 위쪽은 복면으로 가리고 있어서 못 봤다고 합니다."

"듣고 보니 왓슨과 비슷한 것 같군요."

"정말 그렇군요. 왓슨 박사와 인상착의가 상당히 비슷해요."

경감은 웃으면서 말했다.

"레스트레이드, 이번에는 당신을 돕기가 힘들 것 같군요. 나도 밀버턴에 대해서는 잘 아는데, 그자는 런던의 질 나쁜 악당 중 하나였습니다. 세상에는 법이 통하지 않는 죄가 있기 때문에 그럴 때는 개인적인 복수도 정당화될 수 있다고 생각해요. 그래서 이 사건에는 개입하고 싶지 않군요. 죽은 밀버턴보다 그를 죽인 범인들에게 더 동정심을 느낍니다. 도울 수 없어서 미안합니다."

홈즈는 우리가 목격한 현장에 대해서는 전혀 언급하지 않고 그날 오전을 보냈다. 멍한 눈초리, 넋을 잃은 태도를 보니 무언가 생각해 내려고 애쓰는 것 같았다. 그는 점심 식사를 하다가 갑자기 자리에서 일어나서 소리쳤다.

"왓슨, 생각났어! 자, 어서 그곳으로 가자고!"

그는 빠른 걸음으로 베이커 가와 옥스퍼드 가를 지났고 이윽고 리젠트 광장에 도착했다. 광장 왼쪽에는 유명인사와 미인들의 사진을 진열해 놓은 사진관이 있었는데, 그중 하나를 뚫어지게 바라보았다. 사진 속의 여성은 궁중 의상을 입은 귀부인으로, 당당하고 위엄이 넘치는 표정을 짓고 있었으며 고귀한 신분을 나타내는 머리 모양에 다이아몬드가 박힌 장식을 하고 있었다. 섬세한 코, 짙은 눈썹, 의지가 있어 보이는 입매와 턱을 보다가 밑에 귀족 출신 정치가였던 남편의 작위를 보고 깜짝 놀랐다. 홈즈는 나와 눈이 마주치자 아무런 말도 하지 말라는 듯 손가락을 입술에 갖다 댔고 우리는 조용히 돌아섰다.

위스테리아 별장
The Adventure of Wisteria Lodge

존 스콧 에클스의 기묘한 경험

내가 일기처럼 적는 노트에 그날은 1892년 3월 말의 바람이 강했던 날씨로 기록되어 있다. 점심을 먹던 중 홈즈는 전보 한 통을 받고 급하게 답신을 보냈다. 그는 아무런 말도 하지 않았지만 전보에 대해 계속 신경을 쓰고 있었다. 생각에 잠긴 듯한 얼굴로 파이프를 입에 물고 전보를 가끔씩 곁눈질하던 그는 갑자기 장난스러운 표정과 함께 눈을 반짝이며 내가 있는 방향을 향했다.

"왓슨, 자네는 의사이니만큼 평균보다 지적 수준이 높은 축에 속할 거라 생각하네. 그래서 묻는 것인데, '기괴하다.'는 단어가 무슨 뜻이라고 생각하나?"

"흠, 이상야릇하다 정도의 뜻을 가지고 있지 않을까?"

나는 떠오르는 대로 말했다.

어느새 장난기가 사라진 홈즈는 고개를 저었다.

"'기괴하다.'는 단어에는 이상야릇하다는 뜻 이상의 의미를 가지고 있네. 말로 표현하기 어려운 비극과 공포의 의미가 바닥에 깔려 있으니까. 자네가 정리한 사건들 중에서 기괴하다고 할 수 있는 것들을 생각해 보게. 처음에는 단지 기괴하다고만 생각했지만 범죄로 발전한 것이 얼마나 많은가. 특히 <빨간 머리 연맹> 사건을 떠올려 보게. 처음에는 기괴해 보일 뿐이었지만 결국 중대한 절도 미수 사건이 되지 않았는가. 연쇄살인으로 이어졌던 <다섯 개의 오렌지 씨앗> 사건도 있지. 이런 사건들을 겪다 보니 '기괴하다.'라는 말은 오히려 나에게 경계심을 불러일으키게 한다네."

"전보에 그와 관련된 내용이 있는 건가?"

홈즈는 내 말에는 대답하지 않고 전보를 크게 읽었다.

도저히 믿을 수 없는 기괴한 일이 있습니다. 상담이 가능할까요?

- 스콧 에클스, 채링크로스 우체국

"보낸 사람이 여자인가, 남자인가?"

나는 홈즈에게 물었다.

"아, 물론 남자라네. 전보에 반송 우표까지 붙여서 보내는 여자는 거의 없지. 아마 여자라면 전보 대신 직접 방문하는 쪽을 택했겠지."

"전보를 보낸 사람을 만날 건가?"

"지난번 캐러더스 대령을 잡은 뒤, 사실 난 매우 지루한 시간을 보내고 있다네. 내 마음은 마치 점화되어 있는 엔진과 같지. 그래서 할 일을 찾지 못하면 자폭할지도 몰라. 생활은 매일 매일이 진부하고 신문은 더 이상 볼 것이 없어. 범죄의 세계에서 용기와 낭만은 더 이상 나타나지 않을 것처럼 느껴진다네. 이 상황에서 자네는 나한테 새로운 사건에 뛰어들 생각이 있느냐고 물을 필요가 없지. 아마 아주 하찮은 사건일지 몰라. 오, 내 생각이 틀리지 않는다면 의뢰인이 벌써 온 것 같군."

규칙적이고 절도 있는 발자국 소리가 계단에서 점점 가까이 울렸다. 잠시 후 큰 키에 체격이 좋고 회색 수염을 기른, 근엄하고 점잖은 분위기의 한 남자가 방 안으로 들어왔다. 그의 삶의 이력은 선이 굵은 얼굴과 오만한 태도에서 잘 드러났다. 짧은 행전(걸음을 걸을 때 발목

부분을 가뜬하게 하기 위하여 발목에서부터 무릎 아래까지 돌려 감거나 싸는 띠-옮긴이)과 금테 안경 등으로 미루어 보았을 때, 그는 철두철미한 보수파였을 뿐 아니라 국교 신자이자 선량한 시민임이 틀림없었다. 외적인 모습으로 보아 정통적이고 관습적인 인간형이 분명했지만, 지금 그는 타고난 침착성을 잃고 있었다. 그것은 새둥지처럼 헝클어진 머리, 화로 인해 달아오른 뺨, 흥분한 태도에 잘 드러나 있었다.

남자는 들어오자마자 이야기를 꺼냈다.

"홈즈 씨, 나는 매우 기이하고 불쾌한 경험을 했습니다. 내가 그런 꼴을 당한 건 난생 처음이었어요. 이렇게 부당하고 터무니없는 일이 일어나다니. 도대체 뭐가 어떻게 된 걸까요?"

그는 화가 나서 숨을 몰아쉬며 말했다.

"스콧 에클스 씨, 일단 자리에 앉아서 말씀해 주시죠."

홈즈는 그를 달래는 말투로 말했다.

"이제 이곳을 찾아온 이유가 무엇인지 제게 말씀해 주십시오."

"네, 그러지요. 사실 경찰에 이야기할 만한 일로는 보이지 않기도 해요. 하지만 이야기를 들어본다면 홈즈

씨도 제가 가만히 있을 수 없다는 것에 동의할 것이라고 생각합니다. 나는 사설탐정을 전적으로 신뢰하는 쪽은 아니지만 홈즈 씨는 명성이 있으신 분이니까요."

"무슨 말씀인지 알겠습니다. 그런데 왜 당장 달려오지 않았나요?"

"홈즈 씨, 그게 무슨 뜻인가요?"

홈즈는 시계를 살짝 들여다보더니 말했다.

"지금 시간은 2시 15분입니다. 에클스 씨가 전보를 보낸 건 1시 정도였고요. 지금 얼굴과 옷차림을 보니 잠자리에서 일어나자마자 방금 말씀하신 불쾌한 경험을 한 게 분명한데요. 그동안 무슨 일이 있었던 거죠?"

남자는 정돈되지 않은 머리와 면도하지 않은 턱을 매만졌다.

"홈즈 씨, 역시 예리하시군요. 저는 미처 제 모습은 생각하지도 못했네요. 그런 이상한 곳에서 빠져나온 것만으로도 너무 정신이 없었거든요. 여기 오기 전에는 좀 알아볼 것이 있었고요. 부동산 회사에 갔더니 가르시아 씨는 집세를 완불했다고 하고, 위스테리아 별장에는 전혀 문제가 없다고 했어요."

"에클스 씨, 진정하세요."

홈즈는 웃으면서 말했다.

"당신은 이야기를 거꾸로 하는 왓슨 박사와 비슷한 성격을 가지고 있군요. 아, 왓슨 박사는 여기 있는 제 친구랍니다. 일단 생각을 정리할 수 있도록 잠시 시간을 드리지요. 무슨 일 때문에 머리도 빗지 않고 면도도 하지 않은 부스스한 모습으로 나왔는지, 게다가 정장용 신발을 신고 조끼의 단추도 제대로 채우지 않고 도움을 받기 위해 이리저리 뛰어다녔는지 말입니다. 사건이 일어난 순서대로 정확하게 말씀해 주신다면 사건을 이해하는데 큰 도움이 될 겁니다."

남자는 서글픈 표정을 지으며 자신의 초췌한 모습을 내려다보았다.

"홈즈 씨, 저도 지금 제 꼴이 말이 아니란 것은 잘 알고 있습니다. 하지만 평생 이런 경험은 처음 해보았으니까요. 이제 그 이상한 일에 대해 다 털어놓겠습니다. 얘기를 듣고 나면 홈즈 씨는 내가 왜 이런 모습인지 이해할 수 있을 거예요."

하지만 그가 이야기를 시작하기도 전에 이야기는 끝이 났다. 갑자기 밖에서 시끄러운 소리가 나더니, 허드슨 부인과 함께 관리처럼 보이는 건장한 남자 둘이 방으로 들어왔기 때문이다. 그중 한 명은 우리와 안면이 있는 런던 경찰청의 그렉슨 경위였다. 그는 용감하고 정력적인 사람으로 나름대로 능력이 있다고 할 수 있는 형사였다. 그는 홈즈와 악수를 나눈 뒤, 함께 온 사람이 서리 경찰대의 베인스 경위라고 소개해 주었다.

"홈즈 선생, 우리는 지금 사람을 찾는 중입니다. 그 사람을 찾기 위해 단서를 쫓고 있는데 여기까지 오게 됐군요."

그렉슨은 날카로운 눈으로 우리의 손님을 쳐다보았다.

"당신이 리에 있는 포팸 저택의 존 스콧 에클스 씨가 맞나요?"

"네, 그렇습니다."

"우리는 당신의 행방을 쫓고 있었습니다."

"아, 전보를 추적해서 이곳을 찾아낸 거로군요."

홈즈가 말했다.

"네, 그렇습니다. 우리는 채링크로스 우체국에서 전보를 보낸 주소를 확인하고 여기로 바로 달려왔습니다."

"그런데 저를 찾는 이유가 뭔가요? 저한테 무슨 용건이라도 있는 건가요?"

"스콧 에클스 씨, 물론 알고 있으실 거라 생각합니다.

지난밤 에서 근교 위스테리아 별장의 주인 알로이지우스 가르시아 씨가 사망했습니다. 그 사건에 대해 우리는 당신의 진술이 필요하고요."

우리의 의뢰인은 멍하니 앉은 채로 그 이야기를 듣고 놀라서 얼굴이 하얗게 질렸다.

"뭐라고요? 그가 죽었다고요? 정말입니까?"

"네, 그렇습니다."

"아니, 어떻게 죽은 거지요? 무슨 사고가 있었나요?"

"더 수사해 봐야겠지만 지금 견해로는 살해당한 것이 틀림없어요."

"오, 이런 말도 안 되는 일이 일어나다니! 설마……, 그런데 용의자로 저를 의심하는 건 아니죠?"

"사망자의 주머니에서 당신 편지가 발견되었어요. 우리는 그 편지를 보고 당신이 어젯밤에 그의 집에서 묵기로 했다는 사실을 알게 되었고요."

"편지에 쓰인 내용은 사실입니다."

"아, 그 집에 묵기로 한 건 사실이군요."

형사는 급하게 수첩을 꺼내들었다.

"그렉슨, 잠깐만 기다려주십시오."

홈즈가 형사에게 말했다.

"당신이 가장 원하는 건 솔직한 진술입니다. 그렇죠?"

"네, 그리고 저는 스콧 에클스 씨에게 그의 진술이 나중에 불리한 증거가 될 수 있다는 것을 알려줄 의무가 있습니다."

"에클스 씨는 지금 모든 얘기를 하려던 참이었습니다. 왓슨, 이분에게 브랜디를 좀 갖다드리는 게 좋을 것 같군. 에클스 씨, 청중이 생각보다 많아지기는 했지만 아까 하려던 이야기를 있는 그대로 해보시지요."

남자는 내가 가져다준 브랜디 한 잔을 쭉 들이켰고 곧 얼굴에 화색이 돌아왔다. 그는 의심스러운 눈초리를 감추지 않고 경위의 수첩을 흘끗 쳐다보았다. 그리고 기상천외한 경험을 우리에게 털어놓기 시작했다.

"저는 혼자 살고 있습니다. 하지만 성격이 사교적이기 때문에 친구가 무척 많은 편이에요. 제 친구 중에는 켄싱턴의 앨버말 저택에 살고 있는 멜빌이라는 양조업자가 있습니다. 지금은 은퇴했고요. 몇 주 전에 가르시아라는 젊은 친구를 만나게 된 건 그 집의 식당에서였습니다. 제가 듣기로 가르시아는 스페인계인 데다가 대사관과도 어떤 관련이 있는 사람이었습니다. 유창한 영어, 붙임성 있는 태도, 얼굴까지 보기 드문 미남자였기 때문에 저는 그에게 호감을 갖게 되었습니다.

가르시아 역시 제가 마음에 들었는지 우리는 꽤 친해지게 되었습니다. 만난 지 이틀 만에 그는 리에 있는 집으로 저를 찾아왔습니다. 함께 이야기를 나누다가 에셔와 옥숏 사이에 있는 '위스테리아 별장'이라는 자기 집에 와서 며칠 쉬다 가는 게 어떻겠냐는 말이 나왔지요. 어제 저녁때 저는 그 약속대로 에셔로 갔습니다.

가르시아가 저희 집에 왔을 때 자기 집에 대해 설명해 주었습니다. 충직한 하인이 한 명 있는데, 같은 스페인 사람이고 집안일 외에도 자신의 시중까지 도맡아 한다고 했어요. 영어도 아주 잘하고요. 또 솜씨 좋은 요리사가 한 명 있는데, 여행하다가 만난 혼혈인으로 매 끼니 훌륭한 식사를 차려준다고 말했습니다. 가르시아는 서리 한복판에 이렇게 묘하게 구성된 집은 없을 거라고 말했고 저 역시 그 말에 맞장구를 쳤지요. 막상 방문해서 보니 그 집은 제가 생각했던 것 이상으로 기묘한 집안이었습니다.

저는 에셔 남쪽으로 3킬로미터 가량 떨어져 있는 그 집까지 마차를 타고 갔지요. 집은 꽤 컸고 도로에서 다소 들어간 곳에 자리 잡고 있었어요. 진입로는 구불구

불한 길이었고 양쪽으로 키가 큰 상록수들이 늘어서 있었습니다. 그런데 놀랍게도 그의 집은 다 쓰러져 가는 아주 낡고 황폐한 건물이었어요. 마차는 풀이 무성하게 자란 진입로를 지났고, 비바람에 얼룩진 현관 앞에서 멈췄습니다. 집에 감도는 이상한 분위기 때문에 저는 알게 된 지 얼마 안 되는 사람의 집을 방문한 것이 과연 현명한 일인가를 되묻게 되었습니다.

하지만 가르시아는 현관문을 직접 열어주면서 저를 극진하게 맞아주었어요. 검은 머리를 한 어두운 표정의 하인이 제 가방을 받아주었고 짐을 풀 수 있는 침실로 안내해 주었습니다. 침실까지 가면서 정말 집안 전체가 음침하다는 생각을 다시 한 번 했습니다.

저녁 식사는 단둘이 하게 되었는데, 가르시아는 저를 즐겁게 해주기 위해서 노력하고 있었지만 속으로는 다른 생각을 하는 것 같았어요. 계속 엉뚱한 화제를 던지곤 해서 저는 그가 무슨 말을 하는 건지 알아들을 수가 없었거든요. 그는 손가락으로 식탁을 계속 두들기기도 하고, 손톱을 이빨로 물어뜯기도 하면서 매우 불안해하고 있었습니다. 들은 것과 달리 저녁 식사는 서빙도 요리도 별로였습니다. 하인이 말없이 식탁 옆에서 음침하게 지키고 서 있으니 분위기는 더 나빠졌죠. 식사를 하는 내내, 저는 어떤 핑계를 대서 돌아갈 수 없을까에 대한 생각만 했습니다.

아, 그러고 보니 경찰이 조사하고 있는 사건과 관계가 있을 것 같은 일이 하나 있군요. 당시에는 별 생각이 없었지만요. 어색한 저녁 식사가 끝날 무렵, 하인이 편지 한 통을 가져왔습니다. 가르시아는 그 편지를 읽고 한층 더 멍해지고 정신이 이상해진 것 같았습니다. 저와 대화를 이어나가려던 노력도 더 이상 하지 않은데다가 말없이 줄담배를 피우며 생각에 잠겨 있었습니다. 물론 그 편지의 내용에 대해서는 아무런 말도 하지 않았어요.

밤 11시경에 저는 침실로 돌아갈 수 있게 되었고 그래서 매우 기뻤습니다. 그런데 방에 들어가고 잠시 후 가르시아가 방문을 살짝 열더니(그때 방은 어두웠습니다.) 저에게 혹시 초인종을 눌렀냐고 묻더군요. 저는 그런 적이 없다고 했지요. 가르시아는 새벽 1시가 다 되었다며 늦은 시간에 잠을 깨워서 미안하다고 말했습니다. 여행 때문인지 저는 금세 잠이 들었고 한 번도 깨지 않고 깊이 잠을 잘 수 있었습니다.

놀라운 일은 이제부터 시작됩니다. 아침에 잠을 깨어 보니 방 안이 환하더군요. 시계를 보니 거의 9시가 다 되어가는 시간이었습니다. 8시에 깨워달라고 특별히 부탁까지 해놓았는데 늦잠을 자게 하다니 가르시아의 무심함에 기분이 상하기도 했습니다. 저는 침대에서 나와 하인을 부르려고 초인종을 눌렀지만 아무런 대답이 없었습니다. 저는 계속해서 초인종을 눌렀고 역시 아무 대답이 없어서 초인종이 고장나지 않았나 생각했지요.

저는 기분이 더욱 나빠졌지만 일단 옷을 대충 걸치고 따뜻한 물을 부탁하기 위해 아래층으로 내려갔습니다. 그런데 집에 아무도 없더군요. 정말 얼마나 놀랐는지 몰라요. 저는 홀에 서서 가르시아를 크게 소리 내어 불렀습니다. 역시 대답은 없었습니다. 저는 어떻게 해야 할지 몰라 이 방 저 방을 뛰어다니면서 인기척을 찾았습니다. 그러나 모두 텅 비어 있었어요. 가르시아가 전날 밤 저에게 자신의 침실을 보여준 기억이 나서 저는 그 방으로 달려가 방문을 두드렸습니다. 역시 대답이 없었고, 저는 문을 열고 안으로 들어갔습니다. 생각대로 방은 텅 비어 있었고 침대에는 사람이 잔 흔적조차 없었습니다. 외국인 주인과 외국인 하인, 그리고 외국인 요리사, 셋 모두가 밤과 아침 사이에 증발해 버린 것이지요. 저의 위스테리아 별장 방문에 대한 이야기는 이게 전부입니다."

홈즈는 평소 습관대로 두 손을 마주 비비고 있다가 이야기가 끝나자 킬킬거리며 웃었다. 그가 수집하는 이상한 사건들의 목록에 또 하나의 괴이한 사건이 추가된 것이다.

"제가 아는 사건 내에서도 당신의 경험은 매우 독특하군요. 그 다음에는 어떻게 하셨나요?"

홈즈가 남자에게 물었다.

"저는 정말 너무 화가 났어요. 처음에 든 생각은 가르시아의 어리석은 장난에 제가 당했다는 거였습니다. 저는 짐을 챙겨서 현관문을 쾅 닫고 그 집을 나왔습니다. 가방을 들고 에서로 향한 뒤, 그곳에서 제일 큰 부동산 회사인 <앨런 형제사>를 찾아갔습니다. 위스테리아 별장을 임대해 준 곳도 마침 그곳이었어요.

저를 바보로 만들어봤자 얻을 것이 없었으니까 혹시 임대료를 내지 않으려고 이런 일을 벌인 것이 아닌가 하는 생각이 들었습니다. 지금은 4분기 지불일이 얼마 남지 않은 3월 말이니까요. 하지만 저의 이런 추측은 틀렸습니다. 부동산업자는 이미 집세를 선불로 받았다고 했거든요.

저는 곧장 런던으로 와서 스페인 대사관을 찾아갔습니다. 하지만 대사관에서는 가르시아를 모른다고 하더군요. 그 다음에는 가르시아를 처음 만났던 멜빌의 집을 찾아갔습니다. 그 집 사람들은 저보다도 그에 대해 아는 게 적었습니다. 저는 고민 끝에 홈즈 씨야말로 이렇게 이상하고 까다로운 사건을 맡아줄 적임자라고 생각했습니다. 그래서 당신의 답신을 받고 여기까지 오게 된 것이고요.

그런데 형사님이 한 얘기를 생각해 보니 무슨 비극이 벌어진 게 틀림없습니다. 맹세하건대 제가 한 얘기는 전부 사실입니다. 제 입으로 말한 것 외에 가르시아라는 자에 대해 아무것도 모릅니다. 하지만 저 역시 이 사건을 해결할 수 있도록 최선을 다해 경찰 수사를 돕고 싶습니다.”

“스콧 에클스 씨, 당신의 마음을 이해합니다. 그리고 지금까지의 이야기도 감사합니다.”

그렉슨 경위는 매우 호감을 가진 듯한 말투로 말했다.

“지금까지의 이야기를 들어보니 우리가 파악한 사실

과 거의 일치하는군요. 그런데 에클스 씨, 저녁 식사를 할 때 왔다는 그 편지가 궁금한데요. 혹시 그게 어떻게 되었는지 기억하십니까?"

"네, 기억합니다. 가르시아는 그 편지를 구겨서 난로 속으로 던졌습니다."

"베인스 경위, 당신은 이 일에 대해서 어떻게 생각하시오?"

베인스 경위라고 불린 형사는 붉은 얼굴로 몸집이 매우 비대했다. 뺨과 이마에 굵게 잡힌 주름 사이에 숨어 있는 빛나는 두 눈이 아니었다면 그의 인상은 매우 평범했을 것이다. 경위는 멍한 미소를 지으면서 누렇게 변색된 꼬깃한 종이를 주머니에서 꺼냈다.

"홈즈 선생, 가르시아는 그 편지를 벽난로 뒤로 멀찌감치 던졌습니다. 샅샅이 뒤진 후에 잿더미 뒤쪽에서 불에 타지 않은 이 종잇조각을 찾아냈어요."

홈즈는 가볍게 웃었다.

"이 종잇조각 하나를 찾아내기 위해서 온 집안을 샅샅이 뒤졌겠죠?"

"네, 그렇습니다. 제 방식이 원래 그렇기도 하고요. 그렉슨 경위, 그 조각을 읽어볼까요?"

런던 토박이 형사는 고개를 끄덕였다.

"일단 이 종이는 아무런 무늬도 없는 보통의 크림색 종이입니다. 크기는 4분의 1절지. 그리고 날이 짧은 가위로 두 번에 걸쳐 잘라냈습니다. 그 뒤 세 번 접어서 진홍색 밀랍을 붙였고, 타원형 물체로 재빨리 눌러 봉인했어요. 수신인은 위스테리아 별장의 가르시아 씨로 되어 있고요. 이제 내용을 읽어드리겠습니다.

색깔은 녹색과 흰색. 열려 있을 때는 녹색이고 닫혀 있을 때는 흰색. 중앙 계단, 첫 번째 복도, 오른쪽으로 일곱 번째 녹색 나사 천. 행운을 바람. D.

이 편지를 분석해 본 결과, 여자가 촉이 가는 펜으로 쓴 것입니다. 그러나 수신자 주소는 다른 사람이 썼거나 또는 다른 펜을 가지고 쓴 것이 확실합니다. 편지와 봉투에서 보다시피 봉투의 글씨가 훨씬 굵고 힘이 넘치니까요."

"오, 매우 특이하군요."

홈즈는 편지를 살짝 훑어보면서 말했다.

"베인스 경위, 편지를 조사할 때 세세한 부분에까지

주의를 기울인 것은 매우 칭찬할 만한 일이군요. 그 밖에도 사소한 점을 추가로 덧붙일 수 있을 겁니다. 타원형의 봉인은 커프스단추로 찍은 것이 분명해요. 이런 모양으로 찍혀 나올 수 있는 건 그것뿐이니까요. 그리고 종이를 자른 가위는 둥근 손톱 가위입니다. 여기를 봐요. 두 번 짧게 잘라낸 자국을 들여다보면 모두 똑같이 완만한 곡선을 그리고 있는 걸 볼 수 있어요."

시골 형사는 크게 웃음을 터뜨렸다.

"이런, 저는 중요한 요소는 모두 찾아냈다고 생각했는데 조금 더 남아 있었군요. 솔직히 말하자면 종이를 찾았어도 알아낸 것이 별로 없어요. 그자들이 매우 큰 일을 앞두고 있었다는 것과 다른 사건처럼 배후에 여자가 있다는 것 말고는."

스콧 에클스 씨는 홈즈와 경찰과의 대화가 오가는 동안 내내 불안한 모습이었다.

"경찰에서 제가 말한 내용을 뒷받침해 주는 편지를 발견했다니 매우 기쁩니다. 그런데 가르시아 씨에게 무슨 일이 생긴 건지, 그리고 그 집 하인들이 어떻게 된 건지 아직 알지 못하니까 조금 답답하네요."

그러자 그렉슨 형사가 말했다.

"가르시아에 대해서라면 바로 대답해 드리죠. 그는 오늘 아침 자택에서 약 1.5킬로미터 떨어진 옥숏 공유지에서 시체로 발견되었습니다. 모래주머니와 같은 도구로 심하게 가격당해서 머리가 거의 으깨지다시피 했어요. 게다가 사건 현장은 반경 400미터 이내에 인가가 한 채도 없는 외진 곳이에요. 가르시아는 뒤에서 공격당했고, 범인은 그가 죽은 뒤에도 한참 동안 구타를 계속한 걸로 보입니다. 정말 무시무시한 일이지요. 발자국을 비롯해서 범인에 관한 단서는 아직까지 전혀 찾지 못했습니다."

"도난당한 물건은 없나요?"

"없습니다. 뭘 훔치려는 시도는 없었던 것 같아요."

"이렇게 무섭고 끔찍한 일이 생기다니!"

스콧 에클리 씨가 분노에 가득 찬 목소리로 말했다.

"안타까운 일이기는 하지만 저에게는 매우 곤혹스럽군요. 다시 말하지만 저는 집주인이 당한 슬픈 최후와는 아무런 관계도 없습니다. 그런데 제가 왜 그 일에 연루되었을까요?"

"매우 간단합니다."

베인스 경위가 그에게 대답했다.

"피살자의 주머니에서 나온 유일한 문서는 당신이 보낸 편지였습니다. 거기에는 당신이 그날 밤 그 집에서 묵을 예정이라고 적혀 있었고, 편지 봉투에는 피살자의 이름과 주소가 적혀 있었지요. 오늘 아침 9시 넘어서 경찰이 그 집에 도착했을 때 집 안에는 아무도 없었습니다. 나는 위스테리아 별장을 조사하면서 런던의 그렉슨 경위에게 당신의 행방을 추적하라는 전보를 보냈고, 런던으로 올라온 뒤 그렉슨 경위와 합류하여 여기로 오게 된 것입니다."

그렉슨이 일어서면서 말했다.

"이 문제는 공식적으로 처리되어야 합니다. 스콧 에클스 씨, 저희와 함께 경찰서로 가주시겠어요? 진술서를 작성해야 합니다."

"물론 당장 가겠습니다. 하지만 홈즈 씨, 저의 사건 의뢰는 여전히 유효합니다. 진실을 파헤치는 일에 시간과 노력을 아끼지 말아주십시오."

홈즈는 시골 경위에게 시선을 돌렸다.

"베인스 경위, 제가 이 사건에 협력해도 괜찮을까요?"

"당연합니다. 오히려 영광입니다."

"경위의 일처리는 굉장히 신속하고 효율이 높아서 도

움이 많이 될 것 같아요. 혹시 가르시아가 살해당한 정확한 시간에 대한 단서는 없습니까?"

"가르시아는 밤 1시경부터 거기 있었습니다. 그때쯤 비가 왔는데, 가르시아가 사망한 것은 분명히 비가 오기 전으로 추정됩니다."

"베인스 씨, 그건 말이 안 되는데요."

우리의 의뢰인이 소리쳤다.

"나는 그 친구의 목소리를 분명히 들었습니다. 밤 1시에 내 방으로 찾아온 사람은 가르시아가 틀림없어요."

"놀라운 일이기는 하지만 그렇다고 전혀 불가능한 일도 아니군요."

홈즈는 웃으며 말했다.

"무슨 단서라도 있나요?"

그렉슨이 물었다.

"얼핏 보면 이 사건은 크게 복잡하지 않습니다. 상당히 신기하고 흥미로운 점이 있기는 하지만요. 구체적인 제 견해를 밝히기 전에 증거를 좀 더 살펴봐야 할 것 같군요. 그런데 베인스 경위, 그 집을 조사할 때 특별한 단서가 될 만한 것이 이 편지 외에는 없었습니까?"

시골 형사는 묘한 눈빛으로 홈즈를 쳐다보았다.

"한두 가지 매우 특이한 물건들이 있었습니다. 경찰서에서 일을 다 처리한 뒤에 현장으로 함께 내려가 의견을 들려주시는 건 어떨까요?"

"좋습니다, 그렇게 하지요."

홈즈는 초인종을 누르며 말했다.

"허드슨 부인, 이 신사분들을 밖으로 안내해 주세요. 그리고 아이 하나를 불러 이 전보를 부치게 해줘요. 반신료로 5실링을 주겠다고 하십시오."

손님들이 간 뒤 우리는 한동안 말없이 앉아 있었다. 홈즈는 눈썹을 찌푸리고 줄담배를 피웠다. 그러나 깊은 생각에 잠겨 있을 때처럼 고개를 내밀고 빛나는 눈을 가지고 있었다. 그는 문득 나를 돌아보며 물었다.

"왓슨, 이 사건에 대해 자네 생각은 어떤가?"

"글쎄, 나는 그 스콧 에클스의 이상한 경험에 대해서는 아무런 갈피도 잡을 수가 없군."

"그렇다면 살인 사건은 어떤가?"

"피살자의 집 하인들이 사라졌다는 걸 감안한다면 하인들이 연루된 것은 아닐까? 사건에서 경찰의 추적을 피해 도피 중이라고 생각할 수도 있고."

"흠, 그렇게 볼 수도 있을 것 같군. 하지만 좀 이상하지 않나? 두 명의 하인이 주인을 살해하기로 계획했는데, 왜 하필이면 손님이 온 날 밤을 택해서 살인을 했을까? 좀 이상하지 않나? 주인이 혼자 있을 때 덮치는 게 더 수월했을 텐데 말이야."

"그렇군. 그럼 왜 도망갔을까?"

"바로 그거야. 하인들은 왜 도망쳤을까? 그것은 간과할 수 없는 중요한 사실이라네. 또 한 가지는 의뢰인 스콧 에클스의 기가 막히도록 이상한 경험이지. 이 두 가지 중요한 사실을 동시에 설명할 수 있는 가설을 세운다는 것은, 어쩌면 인간 지성의 한계를 뛰어넘는 일일지도 모르겠네. 하지만 그 가설이 이상한 글귀가 적혀 있는 의문의 편지와도 일치한다면 내가 세운 가설이 아마 잠정적으로 받아들여질 수도 있겠군. 앞으로 밝혀질 새로운 사실이 내가 그린 전체적인 그림과 어긋나지 않다면 그 가설은 정답이 될 수도 있을 것이고."

"역시 벌써 사건의 실마리를 잡았군. 그 가설이란 어떤 건가?"

홈즈는 반쯤 눈을 감고 의자에 몸을 기댔다.

"일단 가르시아는 가엾은 스콧 에클스에게 장난을 친 건 아닐 거야. 하지만 결과적으로 중대한 사건이 발생했고 스콧 에클스를 위스테리아 별장으로 유인한 것은 이 사건과 모종의 관련이 있지."

"무슨 관련이 있다는 건지 난 잘 모르겠네."

"그럼 사건의 연결 고리를 하나씩 살펴보자고. 첫째로 스페인 청년과 스콧 에클스의 갑작스러운 우정은 부자연스러운 점이 있다네. 스콧 에클스에게 먼저 접근한 쪽은 스페인 청년이었어. 그는 에클스를 처음 만나고 바로 그 다음 날, 런던의 반대쪽 끝에 있는 에클스의 집을 찾아간 거지. 그리고 긴밀하게 계속 연락을 주고받다가 마침내 그를 에셔의 자기 집으로 초대한 거야. 그렇다면 가르시아는 에클스한테 무엇을 원한 것일까? 에클스는 가르시아에게 무엇을 해줄 수 있었던 것일까? 나는 에클스에게 무슨 특별한 매력이 있는지 잘 모르겠네. 뛰어나게 지적인 것도 아닌 것 같고, 재기 넘치는 라틴계와 어울릴 만한 사람도 아니라네. 그렇다면 가르시아가 만난 여러 사람 중 에클스가 선택된 이유가 무엇일까? 그에게 특별한 자질이 있을 테지. 나는 아마 그럴 것이라고 생각한다네. 에클스는 전형적인 영국적 고결함을 가지고 있는 인물이야. 다른 영국인에게 깊은 인상을 줄 수 있는 증인으로는 적격이라네. 에클스의 진술은 평범한 것과는 거리가 멀었어. 하지만 두 형사는 아무런 의문 없이 그의 의견을 그대로 받아들이는 것을 자네도 보았지?"

"하지만 에클스가 무슨 역할을 해주기를 바란다는 건가? 난 잘 모르겠는데."

"결과적으로는 아무 역할도 못 하게 됐지. 하지만 일이 다른 방향으로 진행됐다면 증인으로서 아주 중대한 역할을 담당했을지도 모른다네. 적어도 나는 그렇게 보고 있네."

"그렇다면 에클스는 가르시아의 알리바이를 입증해 줄 수 있었다는 건가? 가르시아가 죽지 않았을 경우에 말이야."

"그렇다네. 에클스는 자신도 몰랐겠지만 가르시아의 알리바이를 입증하는 역할을 한 거지. 일단 위스테리아 별장의 사람들 모두 모종의 음모에 가담하고 있다고 가정해 보세. 그것이 어떤 것이든 그들이 계획한 일은 밤 1시 이전에 끝나야 했다네. 그들은 시계 바늘을 돌려놓는 등의 수법으로 스콧 에클스를 그가 생각하는 것보다 이른 시간에 침실로 보냈을 거야. 그러니까 사실과 관계없이 가르시아가 에클스의 침실로 찾아와서 지금 1

시라고 말했을 때 사실은 12시밖에 안 됐을 가능성이 높은 거지. 만약 가르시아가 계획한 대로 무슨 일을 해치우고 앞서 말한 시간에 돌아왔다면, 그는 어떤 혐의도 물리칠 수 있는 강력한 증인을 갖게 되었을 거야. 흠잡을 데 없이 완벽한 분위기를 가진 영국인이 법정에 출두해서 피고인은 계속 집에 있었다고 증언해 주었을 테니까. 즉, 에클스는 최악의 상황에 대비하는 안전 장치였네."

"자네의 설명을 들으니 이해가 가는군. 그런데 하인들은 왜 없어진 건가?"

"아직 사건을 제대로 조사한 건 아니지만, 해결하기 힘든 문제는 없을 것 같네. 하지만 자료 수집도 하기 전에 결론부터 내는 것은 큰 실수가 될 수 있어. 가설에 맞추다 보면 무의식적으로 사실을 왜곡할 가능성이 높거든."

"그렇다면 그 편지는 무엇일까?"

"그 편지의 내용이 뭐였지? '색깔은 녹색과 흰색.' 이건 아마 경마 얘기 같아. '열려 있을 때는 녹색, 닫혀 있을 때는 흰색.' 이건 어떤 신호가 분명해. '중앙 계단, 첫 번째 복도. 오른쪽으로 일곱 번째, 녹색 나사 천.' 이

건 아마도 비밀스럽게 만나기로 한 장소일 거야. 사건의 배후에는 어쩌면 질투심 많은 남편이 있을지도 모르겠네. 그리고 그 밀회는 매우 위험한 것이지. 그렇지 않다면 여자가 행운에 대해 언급하지는 않았을 테니까. 'D'는 안내자의 이름이고."

"가르시아는 스페인 사람이지. 혹시 'D'가 스페인에서 흔한 여자 이름인 돌로레스(Dolores)는 아닐까?"

"왓슨, 좋은 생각을 했군. 정말 마음에 드는 생각이야. 하지만 그럴듯하지는 않네. 같은 스페인 사람이면 스페인어로 쓰지 않았을까? 편지를 쓴 사람은 영국인이 분명하다네. 자, 우리는 그 훌륭한 경위가 돌아올 때까지 기다리는 수밖에 없을 것 같군. 그리고 그동안 권태가 불러일으키는 참을 수 없는 피로에서 벗어날 수 있게 된 행운에 감사해야 할걸세."

서리의 형사가 돌아오기 전, 홈즈가 보낸 전보에 대한 답신이 왔다. 홈즈는 답신을 읽은 뒤 그 전보를 수첩에 끼워 넣으려다가 호기심이 가득한 내 얼굴을 바라보았다. 그는 웃으면서 전보를 내게 보여주었다.

"자, 이제 우린 상류 사회로 이동해야 한다네."

전보에는 낯선 이름과 주소가 가득 나열되어 있었다.

딩글 저택, 해링비 공
옥숏 타워스, 조지 폴리엇 경
퍼디 저택, 치안판사 하인스 하인스 씨
포튼 관館, 제임스 베이커 윌리엄 씨
하이 게이블, 헨더슨 씨
네더 월슬링 저택, 조슈아 스톤 목사

"이것은 우리가 조사해야 하는 범위를 줄여줄 거야." 홈즈가 말했다.
"베인스 경위도 꽤나 꼼꼼한 사람이니 아마 내가 세운 것과 비슷한 계획을 세웠을 거야."
"난 도무지 무슨 말인지 모르겠군. 설명 좀 해주게나."
"왓슨, 우린 가르시아가 저녁 식사 때 받았던 편지가 어떤 비밀스런 만남을 담고 있다는 결론을 얻지 않았는가? 편지의 내용이 정확하다고 가정했을 때, 이 약속을 지키기 위해서는 중앙 계단을 올라가서 복도에서 일곱 번째 문을 찾아야 하지. 생각해 보게, 이것만 봐도 밀회 장소가 얼마나 큰 저택인지 알 수 있지 않은가? 또 그

저택은 옥숏에서 2~3킬로미터 이상 떨어져 있을 수가 없다네. 여러 가지 정황을 고려해 보면 가르시아는 그 집에 걸어서 갔다가 걸어서 돌아와야 해. 그렇지 않으면 알리바이를 증명할 수 없을 테니까 말이야. 그렇다면 가르시다가 갈 수 있는, 옥숏 인근에 있는 대저택은 뻔하지 않겠는가. 나는 아까 스콧 에클스가 말한 부동산 회사에 전보를 보냈고, 그런 저택의 명단을 쉽게 입수했지. 이 전보에 있는 이름들이 큰 저택들일세. 이 중 어느 한 곳에 단서가 있을 거야."

우리가 베인스 경위와 함께 서리의 아름다운 마을 에셔에 도착한 것은 저녁 6시가 다 되었을 때였다. 홈즈와 나는 마을에서 가장 깨끗해 보이는 여관에 방을 잡고 형사와 함께 위스테리아 별장을 향해 출발했다. 3월 치고는 날씨가 꽤 쌀쌀했고, 날은 이미 어두워져 있었다. 강한 바람과 함께 내리는 비는 황량한 공유지와 사건의 배경으로 잘 어울렸다. 도로를 따라가다 보니 어느덧 목적지가 나타났다.

산페드로의 호랑이

 춥고 음산한 길을 약 3킬로미터쯤 걸어가자, 나무로 만들어진 높은 대문이 나왔다. 그 문은 곧장 음침한 밤나무 진입로로 이어져 있었다. 그늘진 진입로를 계속 걸어 들어가니 어둠에 잠겨 있는 집 한 채가 나왔다. 집은 어두운 회색 하늘을 배경으로 칠흑같이 검게 보였다. 현관 왼쪽에 있는 창문으로 희미한 불빛이 새어 나왔다.
 "미리 경관 하나를 배치해 두었습니다. 제가 창문을 두드려보죠."
 베인스는 말을 마치고 풀밭을 건너가서 손바닥으로 창문을 쳤다. 뿌연 유리창 너머에서 난롯가에 앉아 있던 사람 하나가 갑자기 벌떡 일어서는 게 보였다. 뒤이어 날카로운 고함이 터져 나왔다. 이윽고 얼굴이 하얗게 질린 경관이 숨을 거칠게 몰아쉬며 떨리는 손으로 촛불을 들고 문을 열었다.
 "월터스, 무슨 일이지?"
 베인스가 경관을 보며 날카롭게 물었다.
 경관은 손수건으로 이마를 문지르더니 안도의 한숨을 내쉬었다.

"경위님, 이렇게 와주셔서 정말 다행입니다. 정말 긴 저녁이었어요. 저도 담력이 강하다고 생각했는데 제 생각만큼은 아닌 것 같습니다."

"월터스, 담력이라니? 자네가 그렇게 약한 성격을 가지고 있었나?"

"경위님, 집 안에는 아무도 없이 조용하고, 부엌에는 이상야릇한 물건들까지 있으니 무섭지 않을 리가 있겠습니까? 경위님이 창문을 두드렸을 때 저는 그게 또 온 줄 알고 깜짝 놀랐습니다."

"아니, 뭐가 또 왔다는 건가?"

"제 생각에는 악마 같은데 그게 창가에 나타났어요."

"도대체 창가에 뭐가 나타났다는 거지? 언제쯤?"

"약 두 시간 전이었습니다. 막 어두워질 때쯤이었고요. 저는 의자에 앉아서 책을 읽고 있었는데, 누군가 쳐다보는 기운이 느껴졌습니다. 고개를 들어보니 아래쪽 창문에 얼굴 하나가 붙어서 저를 바라보고 있었어요. 오, 하나님, 그렇게 무서운 얼굴은 처음 봤습니다. 기억하고 싶지도 않아요."

"저런, 월터스. 경찰관으로서 그런 말을 하는 건 어울리지 않아."

"물론 저도 알고 있습니다, 경위님. 하지만 저는 무서워졌어요. 제가 본 그 얼굴은 검지도 않고 희지도 않은 제가 설명할 수 없는 색이었습니다. 꼭 진흙탕에 우유를 엎지른 묘한 색이었어요. 게다가 크기가 얼마나 큰지, 경위님 얼굴의 두 배는 될 거예요. 그 생김새는 또 어떻고요. 저를 빤히 쳐다보는 그 커다란 툭 튀어나온 눈, 배고픈 짐승처럼 드러낸 하얀 이빨. 저는 그게 사라질 때까지 손가락 하나 움직일 수 없었습니다. 그것이 사라진 뒤 밖으로 나가서 관목 숲 사이를 돌아봤지만 다행히도 아무것도 없었습니다."

"월터스, 자네가 얼마나 괜찮은 친구인지 내가 몰랐다면 아마 벌점을 줬을 거라네. 만약 그게 정말 악마였다면 마땅히 체포했어야지. 경관이 악마를 체포할 수 없게 되어 다행이라고 하면 안 되지 않겠는가. 혹시 요즘 다른 일이 있어 신경이 예민해진 건 아니겠지? 허깨비를 볼 수도 있을 테니 말이야."

"그 문제는 제가 쉽게 밝혀낼 수 있을 것 같군요."

홈즈가 작은 휴대용 등에 불을 켜면서 경관에게 말했다.

"아, 그렇습니까?"

홈즈는 풀밭을 들여다보더니 말했다.

"32센티미터 신발입니다. 신체의 다른 부분이 발 크기와 비례한다면 아주 큰 것임에 틀림없군요."

"그자는 어떻게 되었지?"

"관목 숲을 지나서 도로 쪽으로 달아난 것 같습니다."

경위는 무거운 얼굴로 말했다.

"그자가 누구였는지 무엇을 원하고 있는지는 알 수 없지만 지금은 여기 없습니다. 그리고 우리가 살펴봐야 할 것이 집안에 더 있습니다. 홈즈 선생, 괜찮다면 제가 집안을 안내하겠습니다."

우리는 집 안에 있는 침실과 거실을 꼼꼼하게 살펴보았지만 특별한 것은 없었다. 가구에서 세간까지 모든 물건이 그대로 남아 있는 것을 보면 이 집 사람들은 거의 맨몸으로 집을 빠져나간 것이 틀림없었다. '막스', '하이 홀본' 등 브랜드가 있는 옷가지도 많았다. 이미 조회해 보았으나 막스 사에서는 신용이 좋다는 것 외에는 고객에 대해 특별히 알고 있는 것이 전혀 없었다. 그 밖의 소지품으로는 파이프 서너 개, 소설 네댓 권(그중 두 권은 스페인어 소설), 구식 공이식式 리볼버, 기타 하나, 그리고 여러 잡동사니가 있었다.

"여긴 아무것도 없군요."

베인스는 촛불을 들고 이 방 저 방을 다니며 말했다.

"이제 부엌을 보여드리겠습니다."

부엌은 집 뒤쪽에 있는 천장이 높은 어두운 방이었다. 한쪽 구석에는 요리사의 침대인 듯한 밀짚을 깐 자리가 있었다. 식탁에는 먹다 만 음식과 지저분한 접시가 뒹굴고 있었다.

"여길 좀 보십시오. 도대체 이것은 뭘까요?"

베인스가 이렇게 말한 뒤 찬장 뒤편에 서 있는 물체 앞에 서서 촛불을 치켜들었다. 매우 마르고 쪼그라들어 주름투성이였기 때문에 원래 모습을 알아내는 것은 쉽지 않았다. 하지만 시커먼 가죽으로 되어 있었고 난쟁이 인간과 비슷한 데가 있었다. 내 눈에는 미라가 된 흑인 아기처럼 보였지만, 계속해서 보니 형편없이 쪼그라든 늙은 원숭이처럼 보였다. 나중에는 인간인지 짐승인지조차 알 수 없었다. 특이할 점은 두 줄로 된 하얀 조개껍데기 목걸이를 두르고 있었다는 것이다.

"오, 정말 흥미롭군요."

홈즈는 무엇인지 알 수 없는 형체를 자세히 쳐다보면서 말했다.

"다른 건 더 없습니까?"

 베인스는 말없이 개수대 앞으로 가서 촛불을 들었다. 그곳에는 털을 뽑지 않은 커다란 흰 새가 있었는데, 잔인하게 온몸을 난도질당한 채 그 잔해가 여기저기 흩어져 있었다. 홈즈는 목이 잘린 머리에 붙은 볏을 가리켰다.

"흠, 흰 수탉이군요. 아주 재미있는 사건 같습니다."

 베인스 경위는 계속하여 소름이 돋는 전시품을 남김없이 보여주었다. 개수대 밑의 피가 들어 있는 양동이, 식탁 아래의 시커멓게 그을린 작은 뼛조각이 수북이 쌓여 있는 쟁반 등을 보여준 것이다.

"무언가를 죽이고 또 무언가를 불에 태운 겁니다. 이 뼛조각은 전부 화덕에서 끄집어낸 것이고요. 의사를 불러서 확인했는데 다행히도 인간의 뼈는 아니라고 하더군요."

 홈즈는 웃으면서 두 손을 마주 비볐다.

"베인스 경위, 이렇게 독특하고 배울 점이 많은 사건을 맡게 된 것에 대해 축하를 드리고 싶습니다. 이렇게 말하는 건 다소 실례일지도 모르지만, 당신이 가진 능력을 발휘할 수 있는 기회가 적었던 것 같아서요."

홈즈의 말을 듣고 베인스 경위의 작은 눈은 기쁨으로 반짝였다.

"홈즈 선생, 저희는 지방에서 정체되어 있지요. 이러한 독특한 사건이 발생했으니 좋은 기회라고 생각합니다. 저는 이 기회를 놓치고 싶지 않고요. 선생은 이 뼈를 어떻게 생각하십니까?"

"새끼 양이거나 새끼 염소라고 생각합니다."

"그럼 저 하얀 수탉은 무엇일까요?"

"대단히 재미있는 일이라고 할 수 있습니다. 어떤 사건에도 비할 바 없이 독특한 사건임에 틀림없습니다."

"네, 홈즈 선생. 이 집에는 매우 독특한 행동을 하는 별난 사람들이 살았던 것이 분명합니다. 그리고 그중 하나는 죽었지요. 이 집에 있던 두 하인이 그를 죽인 걸까요? 만약 그렇다면 그자들을 붙잡아야 합니다. 그들이 도망치고 있을지도 모른다고 생각하여 항구마다 경찰을 배치해 놓았습니다. 하지만 제 생각은 좀 달라요."

"그럼 무슨 가설이 있습니까?"

"홈즈 선생, 저는 이 일을 제 힘으로 입증하고 싶습니다. 오로지 저 자신의 명예를 위한 것이기도 하지요. 선생은 벌써 여러 가지 사건으로 이름을 날리고 있지만 저는 아직 그런 기회를 얻지 못했어요. 선생의 도움 없이 사건을 해결했다고 말할 수 있다면 정말 기쁠 겁니다."

홈즈는 기분 좋게 소리 내어 웃었다.

"좋아요, 베인스 경위. 당신은 당신 생각대로 하고 나는 내 생각대로 하지요. 하지만 당신이 요구한다면 내가 수집한 정보를 언제든지 제공하겠어요. 이 집에서는 더 이상 볼 게 없으니 다른 데로 가겠습니다. 앞으로 또 만납시다. 행운을 빌어요!"

다른 사람들은 그냥 넘겨버렸을 테지만 나는 홈즈의 태도로 보아 그가 이미 단서를 잡았음을 알 수 있었다. 그는 마치 구경꾼처럼 태연한 모습이었지만, 빛나는 눈과 한층 기민해진 태도에는 흥분의 빛이 보였다. 나는 결전의 시간이 멀지 않았음을 확신했고, 침묵을 지키는 그에게 아무것도 묻지 않았다. 그의 집중력을 방해하지 않고 범인을 체포하는 재미를 나누는 것으로도 충분했기 때문이다. 자세한 경위는 때가 되면 그가 친절하게 설명해 줄 거라고 믿었기 때문이다.

그러나 내 기다림은 아무런 보람을 얻지 못했다. 하루하루 시간은 갔지만 홈즈는 어떤 행동도 취하지 않고 있었다. 어느 날 아침, 그는 런던에 갔다 왔는데 지나가는 말을 듣고 그가 대영 박물관에 다녀왔다는 사실을 알게 되었다. 그 외출을 제외한다면 그는 대부분의 시간을 긴 산책이나 그동안 사귄 마을의 수다쟁이들과 잡담을 하고 있었다.

"왓슨, 우리가 시골에서 보내는 일주일은 매우 귀중한 시간이 될 테니 초초해 하지 말게. 관목 울타리에서 새순이 돋고 개암나무에서 꽃눈이 피는 걸 보니 매우 흐뭇하군. 모종삽이랑 양철 상자, 그리고 초보자용 식물도감을 들고 나가면 아주 유익한 하루를 보낼 수 있다네."

그는 여러 가지 도구를 들고 나가 마을을 배회했지만, 저녁에 여관으로 돌아왔을 때 채집해 온 식물을 보면 특이할 게 없었다.

우리는 산책을 하면서 가끔씩 베인스 경위와 마주치기도 했다. 그는 내 친구와 인사를 나눌 때마다 다소 붉고 살찐 얼굴에 미소가 흘러 넘쳤고 눈은 언제나 반짝거렸다. 사건에 대해 먼저 이야기를 꺼낸 적은 별로 없었지만, 한두 마디 흘린 얘기에 의하면 수사 진행 상황이 썩 나쁘지는 않은 듯했다. 하지만 사건 발생 닷새 후, 다음과 같은 제목과 기사가 실린 조간신문을 보고 나는 깜짝 놀랐다.

옥슛 사건 해결
용의자 체포

내가 기사 제목을 읽어주자 홈즈는 갑자기 벌떡 일어났다.
"이런!"
그는 소리쳤다.
"설마 베인스가 그를 잡아들인 건가?"
"바로 그렇다는군."
나는 이렇게 말하고 홈즈에게 기사를 낭독해 주었다.

지난밤 늦게 옥슛 살인 사건의 용의자를 체포했다는 소식이 전해졌다. 에셔와 인근 지역은 흥분의 도가니로 빠져들었다. 위스테리아 별장의 가르시아 씨가 옥슛 공유지에서 시체로 발견되고 시신에 폭행의 흔적이 남아 있었던 것, 그날 밤 그 집 하인과 요리사가 도망쳤다는 것 등은 이미 알려진 사실이다. 피살된 가르시아 씨가 집에 귀중품을 보관하고 있었고 이것을 강탈하기 위해 범행이 저질러졌다는 추측도 제기되었으나 이를 증명할 수 있는 증거가 없었다.
이번 사건을 담당한 베인스 경위는 하인들의 소재를 백방으로 수소문하였고, 이들이 미리 준비해 놓은 은신처로 숨어들었다는 믿을 만한 증거를 확보할 수 있었다. 이들의 얼굴과 신체 사항을 이미 알고 있었기 때문에 이들을 찾아내는 것은 시간 문제였다. 창문 너머로 위스테리아 별장 요리사의 모습을 목격한 장사꾼의 증언에 따르면, 요리사는 대단히 특이한 외모의 소유자로서 흑인의 특징이 잘 나타난 누런 얼굴을 한 추악한 흑백 혼혈의 거인이었다.

사건 발생 당일 저녁, 요리사는 위스테리아 별장으로 다시 돌아왔다가 월터스 경관에게 발각되어 추격당한 적도 있다고 한다. 베인스 경위는 요리사가 집으로 돌아온 데에는 다른 목적이 있고, 다시 올 가능성이 높다고 보았기 때문에 위스테리아 별장을 비우고 대신 관목 숲에 경관을 잠복시켰다.

요리사는 지난밤 다시 위스테리아 별장으로 돌아왔고, 다우닝 경관과의 격투 끝에 드디어 체포되었다. 다우닝 경관은 격투 도중 요리사에게 심하게 물어뜯기는 부상을 당했다. 용의자가 치안판사 법원에 회부되면 경찰의 재구류 요청은 받아들여질 가능성이 높다. 이를 계기로 앞으로 사건 수사에는 보다 큰 진전이 있을 것으로 보여진다.

"당장 베인스한테 가야겠네."

홈즈는 바로 모자를 집어 들고 말했다.

"그가 집을 나서기 전에 반드시 만나야 해."

우리는 마을길을 서둘러 내려갔고, 다행히 막 집을 나서는 경위를 만날 수 있었다.

"홈즈 선생, 신문 보셨습니까?"

그가 우리에게 신문을 보여주며 물었다.

"물론 보았지요. 제가 충고를 한 마디 할 테니 무례하다고는 생각하지 마십시오."

"어떤 충고입니까?"

"저는 이 사건을 주의 깊게 조사해 왔습니다. 그런데 당신이 올바른 단서를 잡은 것 같지 않아요. 뚜렷한 확신이 아직 없다면 지나치게 깊이 들어가는 것은 좋지 않을 것 같습니다만."

"홈즈 선생, 저를 그렇게까지 생각해 주시다니 매우 친절하시군요."

"경위, 나는 진심으로 당신을 위해 이런 얘기를 하는 겁니다."

베인스 경위의 작은 눈은 더욱 반짝 빛났다.

"홈즈 선생, 우리는 각자의 방식에 충실하기로 하지 않았나요? 저는 제 소신대로 하고 있습니다."

"당신의 말뜻은 알겠습니다. 제 말을 기분 나쁘게 생각하지는 마십시오."

"아닙니다. 저는 선생이 호의를 가지고 그런 말을 했다고 생각합니다. 하지만 홈즈 선생, 누구에게나 각자의 생각이 있습니다. 선생은 선생대로, 저는 저대로요."

"그럼 이 얘기는 여기까지로 하죠."

"저 역시 정보는 얼마든지 제공하겠습니다. 체포한 녀석은 말처럼 힘이 세고 악마처럼 성질이 흉악하고 포악합니다. 그자는 다우닝의 엄지손가락을 물어뜯다시피 했어요. 영어는 거의 한 마디도 못해서 우린 짐승 같은 신음소리만 들을 수 있었습니다."

"당신은 물론 그가 주인을 살해한 증거를 확보했겠죠."

"홈즈 선생, 저는 그런 말을 한 적이 없어요. 하지만 누구한테나 나름대로의 방식이 있으니 저는 그렇게 하겠습니다."

말을 마치고 돌아서면서 홈즈는 어깨를 으쓱했다.

"저런, 도저히 말릴 수가 없군. 내가 보기엔 아주 위험한 수사를 하고 있는데 말이야. 경위 말대로 각자의 방식대로 하고 결과를 지켜봐야겠군. 저 사람은 이해가 안 가는 구석이 있어."

여관으로 돌아왔을 때 홈즈가 말했다.

"왓슨, 그 의자에 앉아보게. 오늘 밤에는 자네 도움이 필요할지도 모르겠군. 일단 자네에게 이번 사건에 대해 내가 지금까지 알아낸 걸 모두 말해 주지. 이 사건은 전체적으로 보면 매우 단순하지만 범인을 체포하는 것은 예상 외로 어려움이 클 거야. 아직 우리가 메워야 할 간격도 넓다네.

가르시아가 죽은 날 저녁에 받았다는 편지 기억나는가? 그의 하인들이 사건에 연루됐다는 베인스 경위의 생각은 고려할 가치가 없다네. 그것은 알리바이를 입증하기 위한 목적으로 온 스콧 에클스를 데려온 사람이 가르시아라는 것만 봐도 알 수 있는 부분이지. 그렇다면 그가 죽은 날 밤에 진행된 계획, 그것도 범죄의 냄새가 풍기는 계획을 세운 것은 가르시아 자신이었어. 그럼 그의 목숨을 노린 것은 누구일까? 아마 가르시아가 목표로 했던 상대였겠지. 여기까지는 틀림이 없어.

이 부분에서 가르시아의 하인들이 실종된 이유를 알 수 있지. 둘 다 범죄 음모의 공범들이었어. 가르시아가 계획에 성공했다면 아마 혐의는 우리의 고결한 영국인이 모두 막아주었을 거야. 하지만 그들의 계획은 매우 위험한 것이었고, 가르시아가 정해진 시간까지 돌아오지 않는다면 그는 죽었을 거라고 봐야 했네. 그런 경우, 두 사람의 하인은 미리 마련해 놓은 장소로 도피하고 후일을 도모하기로 계획해 놓았던 거지. 어떤가? 모든 사실과 제대로 들어맞는 가설이지?"

풀 수 없을 정도로 뒤얽힌 실타래가 한 번에 풀린 것 같은 느낌이었다. 항상 그랬지만 나는 왜 이렇게 명백한 사실을 보지 못했는가에 대해 의아해졌다.

"그런데 홈즈, 요리사는 왜 다시 집에 돌아온 걸까?"

"급하게 도망치느라 소중한 것, 도저히 두고 갈 수 없는 것을 남겨놓고 갔기 때문이겠지. 그래서 위스테리아 별장으로 되돌아간 거야."

"계속해 보게."

"가르시아가 저녁 식사 때 받은 편지 얘기 말일세. 그것은 상대편에 가르시아의 공모자가 있다는 걸 말해 주지. 그럼 상대편이란 어디일까? 그곳이 어떤 큰 저택을 가리키고 있다는 것을 이미 말해 주었네. 그리고 큰 저택은 얼마 안 된다는 것도 말이야. 이 마을에 와서 나는 여기저기 돌아다니며 식물 연구를 하는 사이 큰 저택을 답사했다네. 그곳에 사는 사람들에 대해서도 자세하게 조사했지. 그중 내 시선을 잡아끈 것은 오로지 한 집뿐이었어. 그곳은 옥숏 외곽으로 1.5킬로미터, 비극의 현장에서는 겨우 800미터밖에 떨어지지 않은 곳으로, 제임스 1세(1601~1625) 시대에 건축된 하이 게이블 저택이었다네. 다른 저택 사람들은 평범하고 점잖은 이들이었지만 하이 게이블의 헨더슨 씨는 매우 흥미로운 사람이었어. 그래서 나는 헨더슨 씨와 그 저택의 사람들에게 관심을 갖게 된 것이지.

왓슨, 그 집 사람들은 매우 이상했지만 그중에서도 가장 특이한 사람은 역시 헨더슨 씨였어. 나는 괜찮은 구실을 만들어서 마침내 그를 만날 수 있었지. 생각에 잠긴 듯한 깊이 파인 검은 눈은 마치 내 속마음을 꿰뚫어 보는 것 같았다네. 나이는 쉰 살, 반백이 된 머리에 숱이 많은 검은 눈썹, 날쌘 걸음걸이, 활동적이면서도 강하고 독단적인 사람이지. 양피지 같은 얼굴 뒤에는 높은 기백을 숨기고 있으며, 마치 제왕 같은 풍모를 지니고 있었다네. 외국인이 아니라면 아마 열대지방에서 오래 살았을 거야. 누런 얼굴과 말랐지만 가죽 채찍처럼 질긴 얼굴을 하고 있었으니까. 그의 친구 겸 비서인 루카스 씨는 외국인이 분명하지. 그는 구릿빛 피부에

부드럽지만 교활한 성격을 갖고 있지. 말투가 역겨울 정도지만 상냥한 고양이 같은 사내일세. 왓슨, 이제 공통점을 알겠는가? 위스테리아 별장과 하이 게이블 저택 모두 외국인이 등장하면서 벌어졌던 간격을 차츰 좁힐 수 있었다네.

 헨더슨과 루카스는 서로 비밀이 없는 절친한 친구 사이인 데다가 집안의 중심인물이지. 하지만 중요하게 부각되는 사람이 하나 더 있다네. 헨더슨에게는 11살과 13살인 두 딸이 있어. 이 아이들의 가정교사는 마흔 살 가량의 영국 여성 버넷 양이고. 그리고 충직한 하인이 하나 더 있지. 이 여섯 명은 진짜 가족처럼 함께 여행을 다니기도 한다네. 헨더슨이 여행광이라서 항상 돌아다니는 것을 좋아하거든. 이 가족이 1년 동안 집을 비웠다가 하이 게이블 저택으로 다시 돌아온 건 겨우 몇 주 전의 일이지. 사실 헨더슨은 엄청난 갑부라서 어떤 일이든 돈으로 다 만족시킬 수 있을 정도라네. 기본적인 가족 외에 그 집에는 규모가 큰 영국의 시골집답게 식욕 좋고 일하기 싫어하는 집사와 시종, 하녀들이 가득하지.

 지금까지 말한 것의 일부는 마을의 소식통에게 들었고, 또 일부는 내가 직접 관찰해서 알아낸 것이라네. 불

만을 가득 품고 해고된 하인보다 더 나은 소식통은 없는 법인데, 나는 다행히 그 적임자를 하나 찾아냈지. 사실 내가 열심히 찾지 않았다면 그런 요행은 없었을 거라네. 베인스 말대로 누구한테나 각자의 방식이라는 게 있으니까 말이야.

나는 내 방식을 통해 하이 게이블에서 최근까지 정원사를 하다가 주인의 비위를 건드려서 갑자기 해고된 존 워너를 찾아냈다네. 워너에게는 주인을 두려워하지만 동시에 싫어하는 하인 친구들이 많이 있었지. 그래서 나는 하이 게이블 저택의 비밀을 어렵지 않게 캐낼 수 있었어.

정보를 알아낼수록 그들은 정말 흥미롭더군! 내막을 다 설명할 수는 없지만 정말 흥미로운 사람들이야. 그 저택은 두 채로 되어 있는데 한 채는 하인들이, 다른 한 채는 가족들이 살고 있다네. 가족의 식사를 날라주는 헨더슨의 하인을 제외하면 그 두 채는 완전히 분리되어 있어. 두 채의 건물을 연결해 주는 문이 하나 있어서 필요한 물건은 다 그곳을 통해 나른다고 하더군. 가정교사와 아이들은 정원에 나가는 걸 빼면 외출하는 일이 거의 없고, 헨더슨도 무슨 일이 있어도 혼자 다니는 법이 없다더군. 온몸이 새까만 비서가 그림자처럼 항상 따라다닌다네. 하인들 사이에서는 주인이 무언가를 몹시 두려워하고 있다는 이야기가 돌고 있었어. 워너가 그러더군.

'돈을 받고 악마한테 영혼을 팔아넘겼다는 이야기가 있습니다. 그리고 악마가 빚을 받으러 오기를 기다리고 있다더군요.'

주인 일가가 어디 출신인지, 또 어떤 사람들인지는 하인은 물론 마을 사람 그 누구도 모른다네. 게다가 헨더슨은 성격이 매우 난폭한 사람이라더군. 사람을 채찍으로 심하게 때린 일이 두 번이나 있었는데, 돈을 두둑하게 준 덕분에 법정에는 서지 않았다네.

자, 이 새로운 정보를 토대로 상황을 판단해 보자고. 문제의 편지가 헨더슨의 집안에서 나왔고, 그것이 가르시아에게 어떤 계획을 실행하라는 신호였다고 추측할 수 있지. 그렇다면 편지는 누가 썼을까? 그건 성채 안에 있는 여자였네. 그렇다면 가정교사 버넷 양일 수밖에 없어. 어떤 면에서 살펴보아도 같은 결론이 나온다네. 나는 그것을 하나의 가설로 삼고 그 결과를 살펴보기로 했지. 버넷 양의 나이와 성격을 고려한다면 남녀 문제는 전혀 아니었어.

 만약 편지의 발신자가 버넷 양이라면 그녀는 가르시아의 친구이자 동료일걸세. 그렇다면 가르시아의 사망 소식을 듣고 그녀는 어떤 반응을 보일까? 그가 도의에 어긋나는 행동을 하다가 죽었다면 그녀는 입을 다물 거야. 그래도 마음속에는 그를 살해한 자에 대해 강한 증오심을 품을 것이고 복수하기 위해 모든 노력을 아끼지 않을 테지. 그렇다면 버넷 양을 만나서 도움을 청할 수 있지 않을까 생각했다네. 하지만 불길한 일이 생겼네. 버넷 양은 살인 사건이 일어난 그날 밤부터 지금까지 종적을 알 수 없어. 그날 저녁부터 어느 누구의 눈에도 띈 적이 없지. 버넷 양이 지금 살아 있기는 한 건지, 아니면 그날 밤 자신이 불러낸 친구와 같은 운명을 맞이한 건 아닐지, 그것도 아니면 어딘가에 감금되어 있는 건 아닐지, 나는 아직 어떻게 된 건지 모르고 있네.

 이제 현재 상황이 얼마나 난감한지 자네도 알겠지? 지금 영장을 청구할 수 있는 근거는 전혀 없어. 치안판사 앞에서 이 모든 추리는 허무맹랑하게 들릴 거야. 가정교사가 실종된 사실도 아무것도 말해 줄 수 없을 것이고. 그렇게 이상한 집안에서 일주일 정도 누군가가 안 보이는 것은 별 일이 아니니까. 하지만 버넷 양은 생명의 위협을 받고 있을지도 몰라. 내가 유일하게 할 수 있는 일은 그 집에서 감시의 눈길을 떼지 않는 것과, 나의 요원인 워너를 정문 앞에 배치해 놓는 것뿐일세. 언제까지 이렇게는 할 수 없지. 합법적으로 할 수 있는 일이 더 이상 없다면 우리가 위험을 무릅써야 해."

"그건 무슨 뜻인가?"

"나는 가정교사의 방이 어디인지 알고 있다네. 창고 지붕으로 올라가면 그 방에 들어갈 수 있어. 나는 오늘 밤 자네와 함께 그 집으로 가서 수수께끼를 해결하고 싶다네."

그의 제안이라면 대부분 동의했지만 이날 밤의 제안은 썩 내키는 일이 아니었다. 살인의 그림자가 드리워진 대저택, 기이하고 무서운 사람들, 그 집에 접근했다가 당할 수 있는 위험, 게다가 가택 침입이라는 불법 행위를 저지른다는 생각은 나를 몹시 망설이게 했다. 그러나 홈즈의 논리적인 추리에는 그가 권하는 어떤 모험도 거절할 수 없게 하는 강한 설득력이 있었다. 그가 하자는 대로 하는 것이 유일한 해결책이었다. 나는 묵묵히 그의 손을 잡았고, 우리의 주사위는 던져지게 되었다.

하지만 우리의 조사 활동은 모험적인 과정이나 결말을 맞지는 않았다. 그림자가 길어지는 시간인 그날 오후 5시, 흥분한 마을 사람 하나가 방 안으로 들어왔다.

"홈즈 선생님, 그 사람들이 달아났어요. 마지막 기차를 타고 갔어요. 버넷 양이 기차에서 뛰어내려서 제가 마차에 태워서 이곳으로 모시고 왔습니다."

"오, 잘했군, 워! 정말 잘했어!"

홈즈가 벌떡 일어나면서 그를 칭찬했다.

"왓슨, 사건 해결이 아주 가까워졌군."

마차에는 너무 흥분한 나머지 반쯤 기절한 여자가 타고 있었다. 매부리코에 바짝 마른 여자의 얼굴에는 비극의 흔적이 그대로 남아 있었다. 그녀는 맥이 풀린 듯이 고개를 떨군 채로 있다가 이윽고 멍한 눈으로 이쪽을 쳐다보았다. 커다란 회색 홍채 한가운데 동공이 까만 점처럼 좁아들어 있었다. 강제로 아편에 중독된 것이 틀림없었다.

"홈즈 선생님, 저는 선생님께서 말씀하신 대로 문을 지키고 있었습니다."

홈즈의 밀정이자 해고된 정원사가 말했다.

"그런데 집 안에서 갑자기 마차가 나오기에 역까지

따라갔지요. 버넷 양은 마치 자면서 걷는 사람 같았지만 그 사람들이 기차에 태우려고 하는 순간 정신을 차리고 저항했습니다. 그 사람들한테 밀려 기차에 타긴 했지만 재빨리 뛰어내렸지요. 저는 바로 달려가서 버넷 양을 모시고 나와 마차를 잡아타고 여기로 왔습니다. 그런데 버넷 양을 부축하고 나올 때, 기차 창문에 나타났던 얼굴은 정말 무시무시했어요. 까만 눈에 인상을 잔뜩 쓴 누런 얼굴의 악마가 마을에 살고 있다면 저는 오래 못 살 것 같습니다."

우리는 가정교사를 2층으로 옮겨서 조심스럽게 소파에 눕혔다. 진하게 끓인 커피 두 잔을 마시자 그녀에게 남아 있던 약 기운이 조금 사라졌다. 홈즈는 호출을 받고 달려온 베인스에게 간략하게 상황을 설명했다.

"아니, 선생은 내가 찾고 있던 그 증인을 벌써 확보하셨군요."

경위는 홈즈의 손을 잡고 흔들며 따뜻한 말투로 말했다.

"저는 처음부터 선생과 같은 단서를 추적하고 있었답니다."

"아니, 그럼 헨더슨을 쫓고 있었습니까?"

"네, 그렇답니다. 선생이 하이 게이블의 관목 숲속에 엎드려 있을 때 저는 농원의 나무 위에서 선생을 보고 있었지요. 문제는 누가 먼저 증거를 확보하느냐였습니다."

"그렇다면 혼혈인 요리사는 왜 체포한 거죠?"

베인스는 큰 소리로 웃었다.

"헨더슨이라는 교활한 자는 자신이 의심받는다는 사실을 알고 있었습니다. 그러니 위험이 사라졌다고 생각될 때까지는 아무런 행동도 하지 않을 게 분명했습니다. 엉뚱한 사람을 체포하면 그를 안심시킬 수 있었을 테니까요. 저는 헨더슨이 방심하면 그 틈을 타서 버넷 양과 접촉할 수 있을 것이라고 생각했습니다."

홈즈는 감탄하며 경위의 어깨에 손을 얹었다.

"오, 베인스 경위! 당신은 형사로서 크게 성공할 거요. 직관력이 매우 뛰어난 분이라는 건 제가 증명하지요."

베인스는 얼굴을 붉히면서 기뻐했다.

"저는 일주일 내내 사복경관을 기차역에 배치해 두었습니다. 하이 게이블 사람들이 어딜 가면 반드시 따라붙으라고 했지요. 하지만 버넷 양이 뛰어내렸을 때는 무척 난감했어요. 다행히 선생 쪽 사람이 그녀를 구출했으니 문제가 없었지만요. 숙녀분의 증언이 없으면 일당을 체포할 수 없으니 빨리 진술을 듣는 게 좋습니다."

"버넷 양은 점점 회복되고 있으니 걱정하지 않아도 되겠군요."

홈즈는 가정교사를 바라보며 말했다.

"베인스 경위, 그런데 헨더슨이라는 자는 대체 누군가요?"

"헨더슨의 본명은 돈 무리요라는 자입니다."

경위는 대답했다.

"한때 산페드로의 호랑이로 불리기도 했지요."

산페드로의 호랑이! 그의 인생이 파노라마처럼 뇌리를 스쳤다. 그는 한 나라를 지배한 군주 중에서 가장 음란하고 피에 굶주린 전제 군주였고, 그의 나라뿐만 아니라 전 세계에 높은 악명을 떨쳤다. 또한 두려움을 모르며 정력이 넘치는 인간으로 힘과 부를 모두 가지고 있었다. 돈 무리요는 10년 넘게 겁에 질린 국민을 상대로 온갖 악행을 함부로 저질렀다. 중앙아메리카에서 그의 이름을 듣고 떨지 않는 사람이 없을 정도였다. 그러나 결국 국민들이 그에 대항하여 들고 일어났다. 그는 잔인할 뿐만 아니라 매우 교활했기 때문에 반란 소식을 듣자마자 보물을 챙겨 충성스러운 지지자들과 함께 재빨리 달아났다. 다음 날 국민들은 궁전으로 쳐들어갔지만 궁은 이미 비어 있었다. 독재자는 두 아이와 비서를 데리고 전 재산을 챙겨서 도망쳤고, 유럽의 신문에는 그의 행방에 대한 추측 기사가 수시로 지면을 장식하곤 했다.

"그가 바로 산페드로의 호랑이, 돈 무리요입니다."

베인스는 말했다.

"홈즈 선생, 산페드로의 국기는 편지에 있는 것처럼 녹색과 흰색입니다. 나는 헨더슨이라는 자를 파리, 로마, 마드리드에서 바르셀로나까지 추적했지요. 1886년, 바르셀로나에 그의 배가 입항한 적이 있다는 걸 알아냈지요. 사람들은 그동안 복수를 하기 위해 그의 행방을 수소문했는데, 소재를 알아낸 건 최근의 일입니다."

"그자를 찾아낸 건 약 1년 전의 일이었어요."

자리에서 일어나 앉아 우리의 대화에 귀를 기울이고 있던 버넷 양이 말했다.

"그자를 암살하려는 시도는 벌써 한 번 있었어요. 하지만 악령이 지켜준 것인지 그자는 목숨을 구했습니다. 기사도 정신에 투철했던 고귀한 가르시아는 목숨을 잃고 그 괴물은 또 살아남았습니다. 하지만 정의가 실현되는 그날까지 또 다른 가르시아가 계속 올 것입니다.

그것은 내일 태양이 다시 떠오르는 것처럼 분명한 일이지요."

그녀는 여윈 두 손을 모아 쥐었다. 수척한 얼굴은 뿌리 깊은 증오심으로 다시 창백해졌다.

"버넷 양, 하지만 당신은 어떻게 이 일에 개입한 겁니까? 영국의 숙녀가 이런 살인 모의에 가담한다는 건 놀라운 사실이군요."

홈즈가 버넷 양에게 물었다.

"제가 이 일에 참여한 것은 정의를 위한 일이 이 길뿐이었기 때문입니다. 수년 전 산페드로에 피가 강물처럼 흐를 때, 아니면 그 괴물이 엄청난 보물을 밀반출했을 때, 영국 정부는 어떤 태도를 취했죠? 영국은 마치 다른 세상에서 벌어진 범죄라고만 생각할 뿐 아무런 도움을 주지 않았습니다. 하지만 우리는 슬픔과 고통 속에서 진실을 배웠어요. 우리에게 돈 무리요와 같은 악마는 없습니다. 희생자들이 복수를 원하는 한 우리의 삶에 안식은 없을 테니까요."

"안타깝지만 그것은 사실입니다."

홈즈는 말했다.

"그자는 버넷 양이 말한 그대로의 인간입니다. 저 역

시 그자의 악독함에 대해서는 잘 알고 있습니다. 당신은 어떤 피해를 입은 겁니까?"

"모두 말씀드리지요. 그 악당은 자신의 경쟁자가 될 만한 인물이라면 어떤 구실이든 붙여서 살해했습니다. 제 남편은 산페드로의 런던 주재 공사였고, 제 본명은 빅토르 두란도입니다. 남편과 저는 런던에서 만나 결혼했고요. 그이는 세상의 누구보다 더 고결한 사람이었습니다. 그런데 무리요의 귀에 남편이 비범한 사람이라는 소문이 들어갔고, 무리요는 구실을 만들어 그이를 소환한 다음 총살했습니다. 그이 역시 자신의 운명을 예감했는지 따라가겠다는 저를 말리고 혼자 가겠다고 고집을 부렸어요. 그게 마지막이었습니다. 그이의 재산은 그 악당에게 몰수됐고 저는 빈털터리가 된 채 찢어지는 가슴과 불타는 복수심만 남았어요.

얼마 뒤에 폭군은 몰락했습니다. 하지만 그자는 재산을 모두 챙겨서 도망쳤지요. 그자 때문에 인생을 망친 숱한 사람들, 사랑하는 이들이 그자에게 죽음을 당한 유가족들은 가만히 있을 수가 없었습니다. 사람들은 똘똘 뭉쳐서 과업을 완수하기 전까지는 절대로 해체되지 않을 결사단체를 만들었어요. 그 악당이 헨더슨이라는 이름으로 살고 있다는 사실이 알려진 뒤, 저에게 그의 집에 침투해서 상황을 보고하라는 임무가 맡겨졌습니다. 저는 그 집에 가정교사로 들어가 주어진 임무를 다했어요. 그는 자신의 아이들을 맡긴 가정교사가 남편을 자신의 손에 빼앗긴 여자라는 걸 몰랐습니다. 저는 그를 보고 웃음을 짓고 아이들에게 의무를 다하면서 때가 되기를 기다렸습니다. 파리에서도 암살 시도가 있었지만 결국 실패로 돌아갔어요. 그는 추적자들을 따돌리기 위해 유럽 전역을 재빠르게 옮겨 다닌 뒤에, 처음 영국에 와서 사놓은 이 집으로 돌아왔습니다.

하지만 이곳에서도 정의의 사자들이 기다리고 있었어요. 그자가 돌아온다는 사실을 알고 산페드로의 전직 고관의 아들인 가르시아는 모든 준비를 했습니다. 하층 계급 출신의 믿을 만한 동료 둘도 함께 기다렸지요. 그 세 사람은 모두 똑같은 이유로 복수심을 불태우고 있었습니다. 가르시아는 낮에는 아무것도 할 수 없었습니다. 무리요는 잠시도 경계를 늦추지 않으니까요. 로페즈라는 이름으로 불리는 심복 루카스를 대동하지 않고서는 한 발짝도 밖에 나가지 않았어요. 하지만 밤에는 혼자 자기 때문에 자객이 무리요를 해치울 수도 있었습니다. 어느 날 저녁, 저는 동지에게 사전에 약속한 대로 마지막 편지를 썼어요. 무리요는 항상 암살자를 경계했기 때문에 끊임없이 침실을 바꿨습니다. 저는 문을 열어놓은 다음, 진입로에 접한 창문에 녹색이나 흰색 등불을 내걸고 만사가 계획대로 되고 있는지, 아니면 거사를 연기해야 하는지 신호해 주기로 했어요.

그렇지만 모든 게 엇나갔습니다. 어떻게 된 건지는 모르겠지만 저는 비서 로페즈의 의심을 샀어요. 그는 제 뒤로 몰래 다가와서 편지를 다 쓰자 저를 덮쳤습니다. 그자는 주인과 합세해서 저를 방에다 끌어다 놓고 배신자라고 몰아세웠어요. 아마 뒤탈만 걱정되지 않았다면 그 자리에서 저를 죽였을 테지요. 둘은 한참 논란을 벌인 뒤 저를 죽이는 건 너무 위험하다는 결론을 내리더군요. 하지만 가르시아는 제거하기로 했지요. 그들은 저에게 재갈을 물렸고, 무리요는 제 팔을 비틀면서 가르시아의 주소를 말하라고 했습니다. 가르시아를 살해할 의도를 알았다면 팔이 떨어져 나가는 한이 있어도 입을 다물었을 텐데……. 로페즈는 제가 쓴 편지에 자기 손으로 주소를 적은 뒤 커프스단추로 봉인을 했어요. 그리고는 하인 호세를 시켜 편지를 보냈습니다.

가르시아를 어떻게 죽였는지 정확하게는 모르지만, 그를 때려눕힌 자는 무리요겠지요. 로페즈는 뒤에 남아서 저를 감시했으니까요. 무리요는 길모퉁이 덤불에 숨어 있다가 가르시아가 지나갈 때 덮친 것 같아요. 그들은 처음에는 가르시아를 집 안에 끌어들였다가 도둑으로 몰아서 죽이려고 했어요. 하지만 잘못 얽혀서 조사를 받다가 정체가 드러나면 자신들에 대한 암살 시도가 더 많아질 거라고 생각했지요. 그리고 그들은 가르시아가 죽으면 사람들이 겁을 먹고 자신들에 대한 추적을 중단할 거라고 생각했습니다.

그자들이 한 짓을 제가 분명히 알고 있다는 것만 빼면 이제 아무 문제도 없어요. 그들이 저를 죽이려고 했던 적이 몇 번이나 있었습니다. 저는 감금당한 상태에서 매일 무서운 협박에 시달렸고, 그자들은 제 의지를 꺾기 위해 잔인하게 학대했습니다. 칼에 함부로 찔린 어깨와 온통 멍투성이인 양쪽 팔을 좀 보세요. 한 번은 창 밖으로 소리를 치려고 했더니 그들은 저에게 재갈을 물리기도 했어요. 닷새 동안 저를 이렇게 잔인하게 학대하고 목숨을 부지하기도 어려울 만큼의 음식만 겨우 주었지요. 그런데 오늘 오후 점심으로 꽤 많은 음식이 들어왔어요. 다 먹고 나서야 그들이 음식에 약을 탔다는 걸 깨달았지요. 저는 몽롱한 상태에서 끌려가다시피 걷다가 마차를 탔습니다. 그리고 같은 상태에서 기차에 태워졌지요. 기차 바퀴가 구르기 시작하면서 저는 지금이 아니면 탈출할 기회가 없다는 생각이 떠올랐습니다. 저는 기차에서 뛰어내렸지만 그자들은 저를 도로 태우려고 했지요. 아마 저를 마차에 태워준 그 착한 분이 없었다면 저는 아직도 도망치지 못했을 겁니다. 이제 드디어 그들의 손아귀에서 벗어났다고 생각하니 너무 기뻐요."

우리는 이 놀라운 증언에 온 정신을 집중했다. 긴 침묵을 깬 사람은 홈즈였다.

"하지만 아직 끝나지 않았습니다."

홈즈는 고개를 흔들며 말했다.

"경찰 수사는 끝났지만 법적 공방은 이제부터 시작이니까요."

"바로 그렇다네."

내가 말했다.

"수완이 좋은 변호사라면 가르시아를 죽인 것은 정당방위로 몰아갈 수 있어. 과거에 아무리 수많은 죄를 지었다고 해도 지금 재판할 수 있는 건 이것밖에 없지 않은가."

"그 부분은 걱정하지 마십시오."

베인스가 웃으면서 말했다.

"법적으로 그런 판결이 내려지진 않을 것입니다. 아무리 위협을 느꼈다고 해도 그를 살해할 목적으로 유인해 낸 것은 정당방위가 될 수 없습니다. 우리는 하이 게이블 저택 사람들을 다음번 길퍼드 순회 법정에 세울 수 있을 겁니다."

산페드로의 호랑이가 응당한 처벌을 받기까지는 더 많은 시간이 필요했다. 교활하고 대담한 무리요와 그 비서는 에드먼턴 가의 셋집에 잠시 들어갔다 커즌 광장으로 통하는 뒷문으로 빠져나가면서 추적자들을 따돌렸다. 그날 이후 그들은 영국에서 더 이상 볼 수 없었다. 6개월 뒤, 마드리드의 에스쿠리알 호텔 방에서 몬탈바 후작과 그의 비서 룰리가 살해된 사건이 발생했다. 그것은 아나키스트의 소행으로 추측되었으나 살인범들은 결국 잡히지 않았다. 베인스 경위는 살해된 사람들의 용모를 파악하여 베이커 가를 방문했다. 후작은 권위적인 용모에 사람을 현혹하는 이상한 힘을 가진 검은 눈과 숱 많은 눈썹의 소유자였고, 비서는 검은 얼굴이었다. 좀 늦은 감이 있었지만 마침내 정의가 실현되었다는 것을 확신할 수 있었다.

"이 사건은 정말 복잡하기 짝이 없었지."

홈즈는 저녁 식사를 하고 담배를 피우면서 말했다.

"자네는 깔끔하게 정리하는 걸 좋아하지만 이번에는 그것도 쉽지 않겠군. 두 대륙을 배경으로 정체를 알 수 없는 두 집단이 관련되었으니까 말이야. 게다가 스콧 에클스라는 고결한 영국인까지 끼어들면서 사건은 한층 더 복잡해졌고. 에클스가 사건에 얽힌 것은, 죽은 가르시아가 생각이 깊고 자기 보존 본능이 뛰어난 인물이라는 걸 보여주는 사례지. 또한 여러 가지 가능성이 실타래처럼 얽힌 상황에서 베인스 경위 같은 훌륭한 경찰을 만난 것도 복잡한 미로를 무사히 빠져나가는 데 큰 도움이 되었고. 자네, 아직도 이해되지 않은 부분이 있나?"

"아직도 해결이 안 된 게 있다네. 요리사가 위스테리아 별장으로 되돌아온 까닭은 대체 뭘까?"

"부엌에 있던 그 괴상한 물건 때문이겠지. 그 사내는 산페드로의 오지에서 온 미개인이었고, 그 물건은 그가 숭배하는 대상이었을 거야. 그가 동료와 함께 준비해 놓은 피신처로 달아날 때, 아마 동료는 그에게 그런 위험한 물건은 버리고 가자고 했겠지. 하지만 미련을 버리지 못한 요리사는 그걸 가지러 다시 돌아온 거야. 창문을 통해 집 안을 살피다가 경관 월터스가 집을 지키고 있는 걸 알고 사흘을 더 기다린 것이지. 베인스 경위는 노련하게도 내 앞에서는 그 물건들이 특별하지 않은 척했지만 아마 그 물건의 중요성을 이미 간파하고 있었을 거야. 그래서 주인이 그걸 가지러 다시 올 경우에 대비해 그물을 쳐둔 거지. 또 알고 싶은 게 있나?"

"토막 난 닭, 양동이 속의 피, 불에 탄 뼈, 부엌의 그 괴상한 것들은 다 무엇을 의미하는 건가?"

홈즈는 그의 수첩을 뒤적이면서 웃었다.

"내가 대영 박물관에 갔던 걸 기억하나? 그곳에 가서 그 내용에 대한 책을 찾아보았지. 에커먼의 《부두교와 흑인 종교》에 이런 구절이 있었어.

'부두교 숭배자들은 중요한 일이 있을 때마다 부정不淨한 신들을 달래기 위해서 제물을 바치는 의식을 반드시 치른다. 극단적인 경우에 인간을 제물로 바치고 인육을 먹는 의식의 형태를 취하기도 한다. 좀 더 일반적인 제물은 흰 닭, 검은 염소이다. 닭은 산 채로 토막 내고 염

소는 목을 딴 다음 불에 태운다.'

 자네도 알겠지만 그 미개인 친구는 제대로 의식을 치른 것뿐이야. 이 사건은 처음부터 끝까지 모두 기괴하지 않은가?"

 홈즈는 천천히 수첩을 덮으며 덧붙였다.

 "전에 내가 말한 것처럼, 기괴한 것과 끔찍한 것과의 거리는 한 걸음 차이라네."

마자랭의 다이아몬드
The adventure of the Mazarin Stone

왓슨 박사는 수많은 모험의 시작이 되었던 베이커 가를 오랜만에 찾았다. 벽에 걸린 각종 도표들과 산에 부식된 화학약품 선반, 파이프와 담배가 들어 있는 통, 구석에 세워진 바이올린 케이스 등으로 여전히 지저분했지만 자신도 모르게 흐뭇한 미소가 지어졌다. 그의 시선은 구석에 생글거리는 앳된 얼굴의 빌리에게서 멈췄다. 빌리는 나이는 어리지만 대탐정의 우울하고 음울한 기운에 둘러싸여 있는 고독과 외로움이 묻어나는 분위기를 조금이나마 부드럽게 완화시키는데 한몫을 하는, 영리하고 빈틈이 없는 시동(귀한 사람 밑에서 심부름을 하는 아이-옮긴이)이었다.

"빌리, 모든 게 다 그대로구나. 홈즈는 안에 있니?"

"네, 그런데 주무시고 계실 거예요."

빌리는 걱정스러운 얼굴로 말하면서 침실 문을 보고 있었다. 서늘해진 여름 저녁 7시였지만 홈즈는 늘 불규칙한 습관을 가지고 있었기 때문에 왓슨은 전혀 놀라지 않았다.

"혹시 무슨 사건이 있니?"

"네, 선생님은 지금 그 사건 때문에 정신이 없으세요. 점점 창백해지고 야위고 있어서 전 정말 선생님이 걱정돼요. 음식도 통 안 드셔서 허드슨 부인도 걱정이 많아요. 허드슨 부인이 '홈즈 선생, 식사는 언제 하실 건가요?'라고 물으시면 '아침 7시 반에 먹을 거요. 내일 모레 아침이라는 걸 잊지 마시오.'라고 말씀하세요. 사건에 열중하면 어떻게 되는지 잘 아시잖아요."

"저런 여전하구나, 빌리. 알겠다."

"선생님은 누군가를 쫓고 계신 것 같아요. 어제는 일자리를 찾는 노동자 차림으로, 오늘은 노부인으로 변장하셨어요. 전 완전히 속았지 뭐예요. 이제는 변장을 눈치 챌 수도 있을 것 같은데 아직도 속고 있어요."

빌리는 웃으면서 소파에 걸쳐둔 오래된 양산을 가리키며 말했다.

"저게 바로 노부인의 물건이에요."

"그렇구나. 그런데 그 사건에 대해서 아는 게 있니?"
"박사님에게는 말씀드려도 되겠죠. 하지만 이 이야기는 일급비밀이에요. 왕관의 다이아몬드 사건이거든요."
빌리는 국가 기밀을 이야기하는 것처럼 낮은 목소리로 말했다.
"뭐라고? 얼마 전에 도난을 당했다던 그 10만 파운드짜리 다이아몬드 말이냐?"
"네, 맞아요. 그걸 꼭 찾아야 할 텐데. 수상님하고 내무장관이 오셔서 저 소파에 앉아서 이야기를 나누셨어요. 선생님도 아주 공손하게 맞아주셨고요. 두 분을 안심시켜 드리면서 최선을 다하겠다는 말씀도 하셨죠. 그리고 바로 캔틀미어 공도 오셨어요."
"저런, 그분은 여기에 왜 오신 거지?"
"그분은 홈즈 선생님에게 사건을 맡기는 것을 반대했다고 하더라고요. 지금도 선생님이 실패하시길 바랄 게 분명해요. 저는 수상님과 내무장관님은 모두 좋지만, 캔틀미어 공은 마음에 들지 않아요. 선생님도 마찬가지고요."
"홈즈도 그 사실을 다 알고 있니?"
"물론이죠. 선생님은 모든 것을 다 알고 계시죠."

"다행이구나. 홈즈가 꼭 성공해서 캔틀미어 공이 실망하기를 바라자고. 그런데 저쪽 창가에 걸려 있는 휘장은 뭐지?"

"선생님이 사흘 전에 쳐놓으신 거예요. 그 뒤에 재미있는 게 있어요. 잠시만요."

빌리는 그쪽으로 달려가더니 창문이 오목하게 들어간 곳을 가리키는 휘장을 걷었다. 왓슨 박사는 깜짝 놀라서 소리를 지르고 말았다. 그곳에는 홈즈와 똑같이 생긴 모형이 실내복 차림으로 얼굴의 4분의 3 정도를 창문으로 향하고 있었다. 마치 책을 읽는 것처럼 고개를 숙인 채 안락의자에 파묻고 있었는데, 빌리는 머리를 붙잡고 고개를 위로 올렸다.

"재미있죠? 이게 진짜 선생님처럼 보이도록 각도를 계속 바꿔주고 있어요. 저는 커튼이 내려져 있을 때만 모형을 만져요. 커튼을 걷으면 길 건너편에서도 보이거든요."

"예전에도 이런 모형을 이용한 적이 있었지.(<빈 집의 모험> 참고-옮긴이)"

"저도 들었어요. 제가 오기 전이었죠."

빌리는 커튼을 젖히면서 거리를 내다보았다.

"저쪽에서 우리를 감시하고 있어요. 박사님도 한 번 보세요. 창가에 사람이 한 명 서 있어요."

왓슨 박사가 창 쪽으로 가려고 할 때, 침실에서 매우 여윈 모습의 홈즈가 나왔다. 얼굴은 창백했지만 걸음걸이는 기운이 넘쳤다. 그는 재빠르게 창가로 오더니 커튼을 내려버렸다.

"빌리, 너는 방금 목숨이 위험했어. 아직은 네가 필요하니 조심하는 게 좋겠다. 왓슨, 자네를 다시 만나다니 정말 반갑군. 다행히도 아주 중요한 순간에 와줬어."

"그런 것 같군. 나도 오랜만에 자네를 보니 정말 반갑다네."

"빌리, 그만 나가 보거라. 자네도 알겠지만 저 아이는 골칫거리라네. 내가 저 아이를 위험에 빠뜨려도 되는 건지 모르겠어."

"위험이라니? 그게 무슨 뜻인가?"

"급사할 위험이지. 아마 오늘 저녁에 무슨 일이 벌어질 거야."

"무슨 일이 벌어진다는 거지?"

"내가 누군가에게 살해당할지도 모르거든."

"홈즈, 오랜만에 온 친구에게 농담이 너무 심하군."

"왓슨, 난 형편없는 농담가가 아니라는 것을 잘 알지 않나. 하지만 아직 시간이 있으니 편안하게 있자고. 자네 술 한 잔 하겠나? 잔과 담배는 원래 그 자리에 있다네. 자네가 자주 앉던 의자에 앉아보는 게 좋겠군. 설마 내 파이프와 담배를 무시하는 건 아니겠지? 요즘 나에게 밥이 되어주는 소중한 존재라네."

"벌써 며칠 동안 굶은 것 같은데 왜 그러는 건가?"

"굶을수록 정신이 예민해지거든. 의사인 자네도 잘 알겠지만, 음식을 소화시키기 위해 피가 위로 가면, 그만큼 뇌에는 피가 덜 가게 되지. 왓슨, 나는 곧 뇌라고 할 수 있어, 다른 장기는 그저 부속기관일 뿐이니까 뇌를 가장 먼저 고려할 수밖에 없다네."

"알겠네. 그런데 이번 사건이 무척 위험하다는 게 사실인가?"

"그렇다네. 혹시라도 그 위험이 현실이 될 때를 대비해서 자네에게 살인자의 이름과 주소를 알려주려고 한다네. 나중에 런던 경찰청에 알려주면 될 거야. 내 작별 인사도 함께 전해 주게나. 그럼 받아 적게. 이름은 네그레토 실비어스 백작, 주소는 N. W. 무어사이드 가든스 136번지라네. 잘 적었나?"

왓슨 박사의 얼굴은 불안과 두려움으로 매우 어두워졌다. 그는 홈즈에게 큰 위험이 닥쳤고, 홈즈가 그 위험을 매우 줄여서 말한다는 것을 잘 알고 있었기 때문이다. 왓슨 박사는 행동하는데 주저함이 없었고, 어려움에 굴하지 않는 성격이었기 때문에 이번에도 그를 혼자 남겨둘 수 없다고 생각했다.

"홈즈, 나도 자네 일을 돕겠네. 하루 이틀 정도는 시간을 비울 수 있으니 말만 하게."

"자네는 여전하군. 게다가 거짓말도 좀 늘었고. 자네를 보면 환자가 줄을 서 있는 바쁜 의사라는 것을 한눈에 알 수 있다네."

"다른 의사가 도와줄 거야. 중요한 일은 없으니까 걱정하지 말게. 그런데 자네가 그자를 먼저 잡으면 안 되는 건가?"

"잡을 수야 있지. 그자는 그것 때문에 두려워하는 거니까."

"그럼 그냥 놔두는 이유가 뭔가?"

"아직 다이아몬드가 발견되지 않았기 때문이라네."

"아까 빌리한테 들었네. 도난당한 왕관의 다이아몬드를 찾고 있다면서?"

"그래. 그 유명한 마자랭의 보석(17세기 프랑스 총리를 지닌 마자랭 추기경의 이름을 딴 보석-옮긴이)이지. 나는 촘촘한 그물을 던졌고 물고기도 잡았는데, 다이아몬드는 없어졌다네. 이래서야 범인을 잡아도 소용이 없지. 그 자들을 감옥으로 넣어버리면 세상은 좀 더 편안해지겠지만, 다이아몬드는 영영 찾지 못할 수도 있으니까."

"실비어스 백작이 자네의 물고기인가?"

"그렇지. 하지만 그는 물고기가 아니라 다른 사람을 물어뜯는 상어라네. 그의 부하로 샘 머튼이라는 권투 선수가 있어. 그는 그렇게 악당은 아니지만 백작에게 이용당하고 있지. 샘은 말하자면 몸만 크고 멍청한 모샘치(미끼로 쓰는 잉어과 물고기-옮긴이) 정도 될 거야. 내 그물에 잡혀서 팔딱팔딱 뛰고 있다네."

"실비어스 백작은 지금 어디 있나?"

"오늘 오전에는 같이 있었지. 내가 노부인으로 변장해서 그의 옆에 붙어 다녔거든. 한 번은 내 양산을 집어 주기까지 했다니까. 이탈리아 피가 섞여 있어서 기분이 좋을 때는 아주 부드럽게 대해 주기도 한다네. 기분이 나쁠 때는 악마처럼 변해 버리지만. 왓슨, 인생에는 묘한 일도 참 많다네."

"너무 위험한 일 아닌가? 혹시라도 알아챌 수도 있지 않은가."

"뭐 그럴지도 몰라. 어쨌든 나는 그자를 따라서 미노리즈의 스트로벤지 작업장까지 갔다 왔어. 거기서는 공기총을 만드는데, 공기총은 꽤 괜찮은 물건이야. 아까 자네가 보려던 건너편 집 창가에 그 공기총이 와 있다네. 언제 총알이 날아와서 빌리가 보여준 모형에 구멍을 뚫을지 모른다네. 빌리가 다시 왔군. 무슨 일이지?"

빌리는 쟁반에 명함을 가지고 왔는데, 그 명함을 본 홈즈는 눈썹을 살짝 올리더니 기분 좋은 목소리로 크게 웃었다.

"오, 그자가 왔군. 이렇게 직접 찾아오다니 꽤 대담하군. 자네도 싸울 준비를 하는 게 좋겠어. 그자의 사격 솜씨는 매우 뛰어난 편이거든. 나까지 잡아서 그의 사냥 목록에 넣는다면 정말 대단할 거야."

"그냥 경찰을 부르는 게 어떤가?"

"그럴 생각이지만 아직은 아니야. 왓슨, 창 밖을 조심해서 살펴봐 주게. 거리에서 누가 보이나?"

왓슨 박사는 커튼 사이로 살짝 밖을 내다보며 대답했다.

"있군. 문 앞에 인상이 험악한 녀석이 하나 있어."

"샘 머튼인가 보군. 충성스러울지는 모르지만 덜떨어졌어. 빌리, 명함을 준 신사는 어디에 있지?"

"대기실에 있습니다, 선생님."

"내가 초인종을 울리면 모시고 올라오렴."

"네, 선생님."

"내가 방에 없더라도 여기에 들여보내라."

"네, 선생님."

왓슨 박사는 빌리가 나가기를 기다렸다가 다급한 목소리로 홈즈를 보면서 말했다.

"홈즈, 어떻게 하려고 그러는 건가? 막다른 골목에 있기 때문에 어떤 일을 저지를지 모른다는 건 자네도 잘 알고 있을 텐데!"

"뭐 놀랄 일도 아니지."

"그렇다면 난 자네와 함께 있겠어."

"자네는 도움이 되지 않아. 거추장스러울 뿐이지."

홈즈는 어깨를 으쓱하며 말했다.

"그자한테 거추장스러울 거라는 건가?"

"아니, 나한테 말이야."

"뭐라 해도 소용없네. 난 자네를 혼자 둘 수 없어."

"자네는 그렇게 해야 해. 왜냐하면 자네는 내 게임을 항상 끝까지 같이했으니까. 그자는 목적이 있어서 여기까지 왔겠지만, 결국 나를 도와주는 셈이 될 거야."

홈즈는 수첩을 꺼내서 무언가를 끼적거려 나에게 찢어주었다.

"왓슨, 마차를 타고 런던 경찰서의 수사과 욜에게 이 쪽지를 전해 주게나. 그리고 경찰과 함께 오면 범인을 체포할 수 있을 거야."

"알겠네, 자네가 시키는 대로 하지."

"자네가 오기 전에 다이아몬드의 행방을 알 수 있을 거야. 그럼 이쪽으로 오게."

홈즈는 초인종을 눌러 손님을 오게 했다.

"우리는 침실을 통해 나가자고. 이 비밀통로는 정말 유용해. 나는 그물에 걸린 상어가 어떤 모습을 하는지 보고 싶거든. 나만의 방식으로 말이야."

약 1분 뒤, 빌리는 실비어스 백작과 함께 방으로 들어왔지만 아무도 없었다. 거구의 사내인 백작은 유명한 사냥꾼이며 동시에 운동가였고 사교계의 멋쟁이이기도 했다. 독수리 부리처럼 구부러진 코는 얼굴에서 높이 솟아 있었고, 검은 콧수염은 얇고 잔인한 입술을 덮고 있었다. 눈부신 넥타이, 반짝이는 핀, 빛나는 반지 등으로 화려한 분위기를 자아낸 옷차림은 더할 나위 없이 훌륭했다.

뒤에서 문이 닫히자 백작은 눈을 날카롭게 뜨고 주위를 둘러보았다. 그리고 창가의 안락의자 위로 삐죽이 튀어나온 실내복의 깃과 움직이지 않는 머리를 보고 소스라치게 놀랐다. 처음에 그의 얼굴에 떠오른 표정은 순수한 놀라움이었다. 그러다가 갑자기 눈에 살기를 띠고 무섭게 미소를 지으며 백작은 자신을 지켜보는 눈은 없는지 다시 한 번 더 주위를 살폈다. 그리고 굵은 지팡이를 반쯤 치켜들고 살금살금 걸어서 창가의 움직임이 없는 사람에게 다가갔다. 최후의 일격을 가하기 위해 손목에 잔뜩 힘을 주는 순간, 활짝 열린 침실 문에서 싸늘하고 냉소적인 목소리가 들려왔다.

"백작! 부수지 마시오! 부수지 마시라고!"

실비어스 백작은 깜짝 놀라서 얼굴에 경련을 일으키며 뒤로 몇 걸음 물러섰다. 그는 침실 쪽을 향해 다시 지팡이를 들었지만, 홈즈의 안정된 표정과 비웃는 얼굴 때문에 기가 죽었는지 금방 손을 내렸다.

"꽤 괜찮은 작품인데 그렇게 부수면 안 되지. 이 모형은 프랑스의 조소가인 타베르니에가 만든 거요. 당신 친구 스트로벤지가 공기총을 잘 만드는 것처럼 타베르니에는 밀랍 조상을 빚는데 아주 훌륭한 실력을 갖고 있지."

"공기총이라니, 갑자기 그게 무슨 말이오?"

"일단 모자와 지팡이를 옆에 내려놓는 게 좋겠소. 그리고 리볼버도 꺼내 놓으시오. 깔고 앉겠다면 뭐 그렇게 하시오. 사실 당신과 할 이야기가 있었는데 제때에 와줘서 고맙소."

백작은 험악하게 생긴 짙은 눈썹을 찡그렸다.

"나도 당신과 하고 싶은 얘기가 있었소. 사실 여기 온 이유이기도 하고. 방금 내가 당신을 공격하려던 건 부정하지 않겠소만."

홈즈는 탁자 가장자리에서 발을 흔들었다.

"나도 당신이 그런 생각을 하고 있을 거라고 짐작하고 있었소. 그런데 왜 나한테 그런 관심을 갖는 거요?"

"몰라서 묻소? 당신이 나를 자극했기 때문이지! 하수인을 시켜 내 뒤를 밟다니!"

"백작, 하수인이라니! 그건 당치 않소."

"그럼 뭐요? 홈즈, 그자들은 나를 계속 따라다녔소.

아주 능숙하게 뒤를 따라오더군."

"백작, 내게 말할 때는 경칭을 꼭 붙여주면 좋겠소. 내가 직업상 악당들과 친한데, 예외를 두면 그들의 기분이 나쁠 테니까 말이오."

"좋소. 그러면 홈즈 선생이라고 불러드리지."

"훨씬 듣기 좋군. 그런데 당신은 내 요원들에 대해 큰 착각을 하고 있소."

"이보시오. 나도 당신만큼 관찰 능력이 좋소. 어제는 운동을 좋아하는 중늙은이더니 오늘은 늙은 여자더군. 하루 종일 내 앞에서 얼쩡거리는데 모를 줄 알았소?"

백작은 가소롭다는 듯이 홈즈를 비웃었다.

"나를 그렇게 인정해 주다니 정말 고맙군. 교수형을 당한 도슨 남작은 죽기 전날 밤 내 얘기를 하면서, 법은 인재를 얻었지만 무대는 엄청난 배우를 잃었다고 말했소. 그런데 지금은 당신이 내 변변치 않은 연기를 칭찬해 주고 있군."

"뭐라고? 그럼 그게 당신이었다는 거요?"

홈즈는 어깨를 으쓱해 보였다.

"당신이 나한테 의심을 품기 전에 미노리즈에서 예의 바르게 집어준 양산이 저쪽에 있으니 확인해 보시오."

"그때 알았다면 네놈은 결코……."

"이 누추한 집에 돌아오지 못했겠지. 나는 그 사실을 잘 알고 있었소. 하지만 기회를 놓치고 후회하는 것은 누구나 하는 일 아니겠소? 기회가 왔을 때 당신은 몰랐으니까. 그래서 우리가 이렇게 다시 만나게 된 것이기도 하고."

백작은 몹시 화가 났는지 그의 굵은 눈썹이 마구 꿈틀거렸다.

"네놈 얘기는 들을수록 화가 나는군. 하수인이 아니라 네놈 본인이었다니! 나를 따라다닌 사실을 인정하는 이유는 뭐지?"

"백작, 정말 몰라서 물어보는 건가? 당신은 알제리에서 사자 사냥도 해봤을 텐데."

"그래서?"

"왜 했지?"

"왜냐고? 재미삼아서. 짜릿함을 맛보기 위해서, 위험을 즐기니까."

"또 하나 더 있지. 위험한 동물을 없애기 위해서 그랬겠지?"

"그렇다!"

"간단히 말하면 내가 당신을 쫓아다닌 이유가 바로 그거다!"

백작은 튀어 오르듯이 벌떡 일어나 자신도 모르게 뒷주머니로 손을 가져갔다.

"앉으시게나, 백작! 제발 진정하고 앉으라고. 좀 더 현실적인 이유가 또 하나 있다네. 나는 바로 그 노란 다이아몬드가 필요하거든."

실비어스 백작은 흉악한 미소를 지으면서 도로 주저앉았다.

"어림없는 소리 말게!"

"당신은 내가 그것 때문에 따라다녔다는 사실을 잘 알 텐데. 그리고 오늘 밤 당신이 여기를 찾은 이유는 내가 얼마나 알고 있는지가 궁금해서, 그리고 나를 없애야 할 필요가 있는지 알아보기 위해서지. 그렇지 않나? 당신의 호기심을 풀어주도록 하지. 나는 하나만 빼고 모든 사실을 알고 있어. 그리고 그 하나는 당신이 반드시 말해줄 거라 믿고 있고."

"네놈이 모른다는 그 하나는 대체 뭐지?"

"바로 그 다이아몬드의 행방!"

"그걸 알고 싶었던 거군. 하지만 내가 그걸 어떻게 안다는 거지?"

"당신은 그 행방을 알고 있고, 곧 나에게 말해야 할 거야."

"말도 안 되는 소리는 그만하지!"

"실비어스 백작, 허세는 부리지 않는 게 좋을걸. 나에게는 통하지 않을 테니까. 내 앞에서 당신은 유리로 만들어진 사람이나 다름없어. 지금도 속마음이 훤하게 보이는군."

백작을 바라보는 홈즈의 눈은 얼음 조각처럼 날카롭게 빛나고 있었다.

"그럼 다이아몬드가 어디 있는지도 잘 알겠군."

"오, 그러니까 당신은 다이아몬드의 행방을 알고 있는 거로군."

홈즈는 손뼉을 치면서 백작을 한 손가락으로 가리키며 비웃었다.

"난 아무것도 인정하지 않았어."

"백작, 당신이 현명하게 행동한다면 우리는 거래를 할 수 있다. 그렇지 않으면 당신은 잃기만 할 뿐 얻는 게 아무것도 없을 거야."

"흥! 허세를 부리는 건 오히려 네놈인 것 같군."

백작은 코웃음을 치면서 말했다.
"내가 이 책에 무엇을 보관하고 있는지 알고 있나?"
홈즈는 마지막 수를 내기 전에 고민하는 체스 고수처럼 진지한 얼굴로 백작을 향해 물었다.
"내가 알 리가 있나. 알고 싶지도 않아!"
"당신!"
"나?"
"그래, 당신! 당신에 대한 모든 것. 전부라고도 할 수 있지."
"그게 대체 뭐지?"
"당신이 그동안 저질렀던 부도덕한 행동, 나쁜 짓이 모두 여기에 기록되어 있지."
"이런 망할 홈즈!"
백작은 이글거리는 눈으로 소리쳤다.
"내가 참는데도 한계가 있다는 걸 알아야지."
"백작! 그럼 하나씩 이야기해 주겠다. 당신한테 블라이머 영지를 물려준 헤럴드 부인의 죽음에 대한 진실이 첫 번째가 되겠군. 물론 당신은 그 영지를 도박으로 모두 날렸지. 그것도 아주 순식간에."
"말도 안 되는 소리!"

"두 번째는 미니 워렌더 양의 인생을 망친 일."

"어처구니가 없군. 그걸 캔다고 해서 달라질 건 아무것도 없어!"

"저런, 이건 시작에 불과한데. 1892년 2월 13일, 리비에라 행 특급열차 강도 사건, 그해에 리용 은행 위조수표 사건도 있고."

"그건 네놈이 잘못 알고 있는 거다."

"그럼 다른 건 맞는다는 거로군. 백작, 당신은 능숙한 카드꾼이니 잘 알겠지. 상대방이 좋은 패를 전부 가지고 있으면 카드를 던지는 게 가장 좋은 방법이지 않나?"

"대체 그게 다이아몬드와 무슨 관계가 있다는 거지?"

"백작, 조용히 해! 흥분하지 말고. 내가 요점 정리를 해주지. 나는 당신이 저지른 모든 범죄에 대해서 잘 알고 있어. 그중에서 가장 중요한 건 왕관의 다이아몬드 사건에서 당신과 당신 수하에 있는 싸움꾼의 혐의를 내가 완벽하게 입증할 수 있다는 사실이지."

"말도 안 되는 소리!"

"나는 당신들을 화이트홀까지 태워다 준 마차꾼과 거기서 당신들을 태운 마차꾼을 모두 증인으로 확보했지. 그리고 당신들이 보관함 근처에서 얼쩡거리는 것을 목격한 수위와 또 다이아몬드 절단을 거부한 이키 샌더스까지 모두 확보했네! 이키가 신고했으니 이미 게임은 끝난 거라고 할 수 있지."

분노로 치를 떠는 백작의 이마에서 굵은 핏줄이 꿈틀거렸다. 그는 감정을 억누르기 위해 주먹을 불끈 쥐었고, 뭔가 말을 하려고 했으나 입 밖으로 나오지 않는 듯했다.

"내가 가진 패가 바로 이거다!"

홈즈가 말했다.

"나는 내가 가진 모든 패를 다 보여주었다. 하지만 가장 중요한 카드 한 장이 빠졌지. 그건 바로 다이아몬드 킹이다. 나는 다이아몬드가 어디 있는지 모르니까."

"네놈은 절대로 알아내지 못할 거다."

"백작, 현명하게 행동하는 게 좋을 거라고 다시 한 번 말해두지. 이대로 가면 당신과 샘 머튼은 20년 형을 받게 된다. 그렇게 된다면 다이아몬드가 무슨 소용이지? 하지만 다이아몬드를 나에게 넘겨준다면 내가 알고 있는 당신의 죄를 모두 없던 걸로 해주겠어. 우리가 원하는 건 당신이나 샘 머튼이 아니야. 보석만 내놓는다면 과거의 일은 더 이상 문제 삼지 않겠다고 약속하지. 물론 앞으로 당신이 또다시 문제를 일으킨다면 가만히 있지는 않겠지만. 내가 의뢰받은 일은 당신을 잡는 것이 아니라 보석을 찾는 거다. 어때? 아직도 마음이 변하지 않았나?"

"내가 거절한다면?"

"그렇게 되면 당신이 표적이 되어 모든 죄를 다 쓰고 감옥으로 직행하게 되겠지."

홈즈는 초인종을 눌러서 빌리를 불렀다.

"빌리, 현관문 밖에 있는 덩치 크고 못생긴 남자를 데려오너라. 아무래도 이 자리에 끼워주는 게 좋을 것 같으니까."

"선생님, 오시지 않는다고 하면 어떻게 하죠?"

"실비어스 백작이 오란다고 전하면 올 거다. 거칠게 굴거나 강요할 필요는 없으니 조심하고."

"뭘 어떻게 하려고?"

"방금 내 친구 왓슨이 이곳을 다녀갔어. 나는 그에게 그물에 상어와 모샘치가 걸렸다고 말했는데, 이제 그물을 당겨서 둘을 한꺼번에 잡아야지."

백작은 벌떡 일어나 등 뒤로 손을 가져갔다. 홈즈는 실내복 주머니에 손을 넣고 무언가를 꺼낼 준비를 했다.

"홈즈, 네놈은 절대로 침대에서 편안히 죽지는 못할 거다."

"나도 종종 그렇게 생각하곤 해. 하지만 그게 무슨 상관이지? 백작 당신도 미래가 순탄하지는 못할 것 같은데. 아직 다가오지도 않은 미래를 벌써부터 걱정하는 것도 일종의 병인데 말이야. 우린 왜 지금 이 순간을 즐기지 못하는 거지?"

거물급 범죄자인 백작의 사납고 어두운 눈에 결의가 감돌았다. 홈즈는 긴장하면서 공격할 태세를 갖췄는데 그러자 그의 여윈 몸이 점점 커지는 것처럼 느껴졌다.

"백작, 리볼버를 자꾸 만져봤자 아무런 소용이 없어."

홈즈가 조용히 말했다.

"당신도 잘 알겠지만 내가 당신에게 리볼버를 꺼낼 수 있는 시간을 준다 해도 당신은 그걸 쏘지 못할걸. 리볼버란 골치 아픈 존재지. 또 그 소리는 어떻게 하고? 차라리 공기총이 낫지 않나? 오, 당신의 충성스런 하인이 들어오는군. 머튼 군, 안녕하신가? 길거리에 서 있느라 지루하지 않았나?"

고집 세고 기다란 얼굴의 샘 머튼은 프로 권투선수답게 단단한 체격의 소유자였다. 그는 문 앞에 어정쩡한 자세로 서 있다가 당황한 표정으로 주위를 두리번거렸고, 홈즈의 부드러운 태도가 전혀 뜻밖이었으나 어렴풋이나마 그의 말에 적의가 있음을 느낀 것 같았다. 하지만 대답할 마땅한 말을 찾지 못한 그는 자신의 주인을 향해 돌아서서 도움을 청했다.

"백작님, 이게 무슨 일입니까? 이 사람이 원하는 게 뭡니까?"

그는 체격에 맞는 굵고 쉰 목소리로 외쳤다. 백작은 어깨를 으쓱해 보였을 뿐 대답을 한 건 홈즈였다.

"머튼 군, 간단하게 말하자면 모든 게 다 끝났네."

머튼은 여전히 백작을 향해 말했다.

"백작님, 지금 저자가 무슨 말을 하는 겁니까? 난 농담할 기분이 전혀 아닌데."

"물론 그럴 테지."

홈즈가 말했다.

"내가 분명히 말하지만 당신이 앞으로 닥칠 일들을 생각한다면 더 재미가 없어질 거야. 자, 실비어스 백작! 나 좀 보게. 나는 매우 바쁜 사람이라서 더 이상 시간을 낭비할 수가 없어. 내가 잠시 이 자리를 피해 줄 테니 마음 편히 갖고 앞으로 어떻게 할 것인지 둘이 잘 생각해 보는 게 좋을 것 같군. 5분 동안 시간을 주겠네. 난 그동안 침실에 들어가 호프만의 뱃노래를 연주하도록 하지. 연주를 마치고 나올 때 최종적인 대답을 해주게. 모든 죄를 떠안고 감옥으로 갈 것인지, 아니면 다이아몬드를 넘길 것인지 둘 중의 하나를 선택해."

홈즈는 구석에 있는 바이올린을 들고 침실로 들어갔다. 얼마 뒤 구슬프고 느린 바이올린 선율이 밖으로 새어나왔다.

"백작님, 어떻게 된 겁니까?"

머튼이 불안한 마음으로 백작에게 물었다.

"저자가 어떻게 다이아몬드에 대해 알고 있는 거죠?"

"저자는 다이아몬드에 대해 너무 많이 알고 있어. 전부 다 알고 있는 것 같더군."

"맙소사! 그게 사실입니까?"

샘 머튼의 얼굴이 창백해졌다.

"이키 샌더스가 경찰에 우리를 신고했다는군."

"이런 나쁜 놈! 내가 만약 교수형을 당하게 되면 그자를 가만두지 않을 겁니다."

"그렇게 한다고 해도 달라질 건 없네. 이제 어떻게 해야 할지 마음을 정해야 해."

"잠깐만요. 백작님! 저자는 너무 교활해서 조심해야 해요. 혹시 우리 이야기를 듣고 있을지도 몰라요."

"저렇게 음악을 연주하고 있는데, 어떻게 엿들을 수 있겠나?"

"그래도 혹시 모르죠. 커튼 뒤에 누가 숨어 있을지도 모르고요. 그런데 방에 커튼이 왜 이리 많은 겁니까?"

방 안을 둘러보던 샘 머튼은 창가에 있는 모형을 보고 깜짝 놀랐다. 그는 말문이 막혔는지 손가락으로 모형을 가리키며 말을 잇지 못했다.

"놀라기는! 저건 인형일 뿐이야."

백작이 말했다.

"저게 인형이라고요? 세상에! 이건 마담 튀소(Madame Tussauds, 프랑스 출신의 밀랍인형 제작자. 중국 특별행정구 홍콩의 피크에 밀랍인형 박물관이 있음-옮긴이)가 만들기라도 한 건가요? 실내복에 얼굴하며 정말 살아 있는 것 같아요. 근데 이 커튼들은 다 뭡니까?"

"지금 그게 중요한 게 아냐. 우리는 시간도 없고. 저자는 다이아몬드 때문에 화가 나서 우리를 감옥에 넣어 버릴 수도 있어."

"그럼 어떻게 해야 하는 건가요?"

"다이아몬드가 어디에 있는지 알려주면 우리를 놓아주겠다고 약속했어."

"백작님, 그건 10만 파운드짜리 보석입니다. 그런데 그걸 그냥 넘긴다고요?"

"감옥에 가든가 보석을 넘기든가 둘 중 하나야."

"백작님, 저놈은 방에 혼자 있어요. 그냥 해치워버리면 더 이상 걱정할 게 없잖아요."

"저자는 무장을 한데다가 만반의 태세를 갖추고 있어. 게다가 저놈을 없앤다고 해도 여기서 어떻게 도망치겠나? 아마 저자가 갖고 있는 증거는 경찰도 모두 알고 있을 게 분명해. 잠깐, 무슨 소리가 들린 것 같은데?"

창문 쪽에서 작은 소리가 들린 듯했다. 두 남자는 뒤를 돌아보았지만 아무것도 없었다.

"밖에서 난 소리 같아요."

머튼이 말했다.

"지금 그게 중요한 게 아니잖아요. 백작님, 당신은 나보다 머리가 좋잖아요. 빨리 다른 방법을 생각해 봐요. 이대로 보석을 넘길 수는 없어요."

"당연하지. 나는 저놈보다 더 뛰어난 놈도 속여넘겼으니 방법이 있을 거야."

백작은 잠시 한숨을 쉬고 말을 이었다.
　"다이아몬드를 어디에다 두는 건 너무 불안해서 항상 내 비밀 주머니에 넣어서 갖고 다니지. 오늘 밤에 영국을 떠난다면 일요일이 되기 전에 암스테르담에서 네 조각으로 쪼개버릴 거야. 다행히도 저자는 반 세다에 대해서는 아무것도 모르니까."
　"반 세다는 다음 주에 가는 거 아니었나요?"
　"그럴 예정이었지만 날짜를 바꿔야지. 반 세다는 다음 배로 출발해야 해. 우리가 다이아몬드를 가지고 라임 가로 가서 그에게 사정을 말하면 될 거야."
　"그렇지만 이중 바닥 트렁크가 아직 완성되지 않았잖아요."
　"어쩔 수 없잖아. 위험하겠지만 일단 그냥 가져가야만 해."
　백작은 잠시 말을 멈추고 창문을 다시 쳐다보았다. 아까 들렸던 작은 소리가 다시 난 것 같았기 때문이다.
　"어디선가 소리가 들리는 것 같아. 홈즈는 우리에게 속아 넘어갈 거야. 그자는 다이아몬드를 손에 넣지 못하면 우리를 체포하지 않을 거야. 일단 보석을 넘기겠다고 약속하고, 엉뚱한 곳으로 유인하자고. 그 뒤 우리는 이 나라를 빠져나가 네덜란드로 가는 거지."
 "괜찮은 방법이군요. 역시 백작님다워요."
 샘 머튼이 안도의 한숨을 쉬면서 말했다.
 "저 바이올린 소리는 정말 유난히 거슬리는군. 일단 자네는 반 세다에게 가서 서두르라고 말하게. 나는 다이아몬드가 리버풀에 있다고 거짓 자백을 해서 홈즈를 안심시킬 테니까. 다이아몬드가 리버풀에 없다는 것을 알 때는 이미 다이아몬드가 네 조각이 되어 있을 거야. 우리는 푸른 바다에 있을 거고. 이쪽으로 와봐. 밖에서 열쇠 구멍으로 들여다볼 수 없는 데로 말이야. 보석은 여기 있어."
 "어떻게 이 보석을 갖고 다닐 생각을 했죠? 너무 위험해요."
 "더 안전한 데가 없으니까. 우리가 화이트홀에서 빼낸 것처럼 누군가 내게서 이것을 빼앗을 수도 있다고."
 "잠깐 좀 봐도 될까요?"
 백작은 기분이 나쁘다는 듯이 샘 머튼을 바라보았고, 그가 내민 더러운 손을 뿌리쳤다.
 "백작님, 내가 그걸 어떻게 할까 봐 그러는 겁니까? 늘 이런 식으로 나를 대하는 거 이제 지겹다고요."

"자자, 지금 우리가 이런 문제로 싸울 때가 아니야. 보여줄 테니 이쪽으로 오게. 창가에서 햇빛에 비춰보면 그 아름다움을 알 수 있지. 여기 있다!"

"오! 고맙군!"

인형이 놓여 있던 의자에서 홈즈가 벌떡 일어나더니 다이아몬드를 재빠르게 가로챘다. 홈즈는 한 손에 보석을, 다른 한 손에는 리볼버로 백작의 머리를 조준하고 있었다. 두 남자는 깜짝 놀라서 뒷걸음질을 쳤고, 홈즈는 순식간에 초인종을 눌렀다.

"폭력은 행사하고 싶지 않으니 제발 부탁한다. 앞으로의 일을 생각한다면 가만히 있는 게 좋을 거다. 아래층에 경찰도 대기 중이니 움직여봤자 좋을 게 없어."

"도대체 어떻게 이런 일이……."

백작은 너무 놀랐는지 화내는 것조차 잊은 듯했다.

"놀라는 것도 당연하지. 백작, 당신은 내 침실에서 커튼으로 가는 비밀 문이 있는 건 몰랐을 거다. 인형을 치울 때 나는 소리 때문에 들킬까 봐 조마조마했는데 다행히도 모르더군. 덕분에 나는 당신들이 하는 이야기를 모두 들을 수 있었지. 내가 여기 있는 줄 알았다면 그런 이야기들을 나누지 않았을 텐데 말이야."

"홈즈, 당신이 이겼군. 정말 악마 같은 사람이야."
백작은 체념한 듯이 고개를 숙이며 말했다.
"뭐 그렇게 말하는 것도 무리는 아니지."
머리가 나쁜 샘 머튼은 지금의 상황을 쉽게 이해하지 못하고 있었다. 조금씩 상황을 파악하던 그는 바깥에서 여러 사람의 발소리가 들리자 화를 냈다.
"빌어먹을! 경찰이 오다니! 그런데 저 바이올린 소리는 도대체 뭐요? 왜 아직까지 들리는 거지?"
"축음기가 연주를 계속하고 있었군. 정말 대단한 발명품이지."
경찰이 방으로 들어와서 백작과 머튼에게 수갑을 채웠고, 악당들은 호송마차에 실려 경찰서로 갔다. 왓슨은 홈즈 곁에서 그의 승리를 마음껏 축하해 주었다. 그때 빌리가 명함을 하나 들고 들어왔다.
"선생님, 캔틀미어 공이 오셨습니다."
"오, 이 사건이 어떻게 되어 가는지 알아보려고 오신 모양이군. 들어오시라고 해라."
홈즈는 장난기 어린 눈빛으로 말했다.
"왓슨, 캔틀미어 공은 능력이 뛰어나고 성실한 사람이지만 좀 구식인 데가 있어. 우리가 그분을 즐겁게 해

드리는 건 어떨까? 조금 건방지게 굴어보는 것도 나쁘지 않을 거야."

 문이 열리자 근엄한 표정을 한 남자가 들어왔다. 빅토리아 시대 중기를 연상하게 하는 긴 구레나룻이 매우 인상적이었다. 뾰족한 얼굴과 검은 수염, 굽은 어깨를 한 그는 힘없이 터벅터벅 걷고 있었다. 홈즈는 매우 반갑다는 듯이 그에게 가서 악수를 청했다.

 "캔틀미어 공, 어서 오십시오. 외투를 벗으시겠습니까?"
 "됐소. 덥지 않으니 그냥 입고 있겠소."
 "그러지 마시고 벗어주십시오. 제 친구 왓슨 박사도 이런 온도 변화는 건강에 좋지 않다고 말했습니다."
 공은 거절했지만 홈즈는 끈질기게 그를 설득했다.
 "홈즈 선생, 나는 지금 아주 좋으니 내버려두시오. 오래 있지도 않을 것이고. 당신이 하기로 한 일이 어떻게 되었는지 알아보려고 잠시 온 것뿐이오."
 "사실 그게 좀 어렵게 됐습니다. 힘든 일이더군요."
 "그럴 줄 알았소."
 캔틀미어 공은 홈즈를 노골적으로 비웃고 있었다.
 "홈즈 선생, 사람은 누구나 한계를 갖고 있기 마련이오. 그 한계를 알게 되면 자만심도 고칠 수 있는 거요."

"공의 말씀이 옳습니다. 저도 정말 당황했으니까요."
"물론 그랬을 거요. 이해하오."
"특별히 당황스러운 부분이 하나 있었는데, 공에게 조언을 좀 구하고 싶습니다. 괜찮을까요?"
"너무 늦게 부탁을 하는 것 같소. 나는 선생에게 좋은 방법이 있는 줄 알았는데. 중요한 일이니 내가 할 수 있는 한 도와주겠소."
"캔틀미어 공, 우리는 보석을 훔친 도둑의 혐의를 확실히 증명할 수 있습니다."
"그거야 도둑을 잡아야 할 수 있는 일이 아니오?"
"맞습니다. 그런데 문제는 장물 취득자에 대한 법적 절차 방법에 관한 것입니다."
"벌써부터 그런 걱정을 할 필요가 있겠소?"
"계획을 세워놓는 것은 나쁜 게 아니니까요. 장물 취득자의 혐의를 입증할 수 있는 결정적인 증거는 무엇일까요?"
"다이아몬드를 실제로 갖고 있는가를 확인하면 되지 않겠소?"
"그럼 범인을 체포할 수 있을까요?"
"당연한 일이오."

"그렇다면 저는 공을 체포해야겠군요."

홈즈는 평소와 달리 크게 소리 내어 웃으며 말했다. 캔틀미어 공은 몹시 화를 냈고, 분노로 두 뺨이 붉어졌다.

"이보시오, 당신은 정말 안하무인이군! 50년 동안 공직생활을 하면서 이런 모욕은 처음이오. 난 중요한 업무가 무척 많은 바쁜 사람이오. 그런데 이런 바보 같은 장난이나 하다니! 나는 처음부터 당신이 이 사건을 해결할 수 있다고 믿지도 않았소, 경찰에 맡기는 게 훨씬 나았을 거요. 당신 행동은 내 판단을 더 확실하게 해주고 있소. 이만 돌아가겠소."

"캔틀미어 공, 마자랭의 보석을 그냥 가지고 가시면 안 됩니다. 발각되기라도 하면 어쩌시려고요?"

홈즈는 공을 막아서며 안타까운 목소리로 말했다.

"정말 못 참겠군. 당장 비키시오!"

"공, 외투 오른쪽 주머니에 뭐가 있지 않습니까?"

"뭐가 있다는 거요?"

"한 번 확인해 보십시오."

주머니에 손을 넣은 캔틀미어 공은 얼굴이 창백해지면서 비틀거렸다. 그의 떨리는 손바닥에는 그 유명한 마자랭의 다이아몬드가 들려 있었다.

"아니, 이럴 수가! 대체 이게 어떻게 된 일이오!"

"정말 죄송합니다. 사실 제가 실없는 장난을 무척 좋아한답니다. 여기 있는 제 친구 왓슨도 잘 알고 있죠. 그래서 공이 오시자마자 외투 주머니에 보석을 넣었습니다. 제가 무례한 짓을 하기는 했습니다만 극적인 상황을 연출하고 싶어서였으니 용서해 주시기 바랍니다. 정말 죄송합니다."

"정말 당황스럽소. 하지만 이건 진정 마자랭의 보석이 맞소. 정말 대단한 능력을 가진 건 틀림없는 것 같소. 선생 말대로 좀 괴이한 부분이 있긴 하지만 놀라운 능력은 인정할 수밖에 없군. 대체 어떻게 사건을 해결한 거요?"

"사건은 이제 시작입니다. 어떻게 이런 일이 일어났는지 알기 위해서는 조사가 더 필요하니까요. 캔틀미어 공, 제 장난에 대해서는 너그럽게 이해해 주십시오. 앞으로 고귀하신 분들에게 이 사건을 발표하는 즐거움으로 충분히 보상이 될 테니까요. 그럼 안녕히 가십시오. 빌리, 공을 안내해 드려라. 그리고 허드슨 부인한테 될 수 있는 대로 빨리 2인분의 저녁 식사를 부탁한다고도 전해 드려라."

*코난 도일의 작품 중에는 왓슨도, 홈즈도 아닌 제삼자가 쓴 작품이 두 편 있다. 한 편은 〈마지막 인사〉이며, 다른 한 편이 바로 이 작품이다. 이 작품은 1921년 초연된 코난 도일의 희곡을 소설로 개작한 것이다.

지혜의 샘 시리즈 ⑪

셜록 홈즈
미스터리 걸작선

초판 1쇄 발행 | 2011년 07월 01일
초판 4쇄 발행 | 2022년 08월 10일

지은이 | 아서 코난 도일
옮긴이 | 조주연

발행인 | 김선희 · 대 표 | 김종대
펴낸곳 | 도서출판 매월당
책임편집 | 박옥훈 · 디자인 | 윤정선 · 마케터 | 양진철 · 김용준

등록번호 | 388-2006-000018호
등록일 | 2005년 4월 7일
주소 | 경기도 부천시 소사구 중동로 71번길 39, 109동 1601호
　　　(송내동, 뉴서울아파트)
전화 | 032-666-1130 · 팩스 | 032-215-1130

ISBN 978-89-91702-93-6 (03840)

· 책값은 뒤표지에 있습니다.
· 잘못된 책은 바꿔드립니다.